15 CONTES DE L'INDE

Titres originaux :

THE LITTLE MASTER OF THE ELEPHANT
TALES FROM THE PANCHATANTRA

Contes de Vivek l'éléphant
© Partap Sharma, 1984
© 1996, Castor Poche Flammarion
pour la traduction française

Contes du Panchatantra
© Leonard Clark, 1979
Published by arrangement with HarperCollins Publishers Ltd.
© 1982, Castor Poche Flammarion
pour la traduction française

© Flammarion pour la présente édition, 2010
87, quai Panhard-et-Levassor – 75647 Paris Cedex 13
ISBN : 978-2-0812-4358-3

PARTAP SHARMA – LEONARD CLARK

15 CONTES DE L'INDE

Contes de Vivek l'éléphant
*Traduit de l'anglais (Inde) par
Christelle Bécant*

Contes du Panchatantra
*Traduit de l'anglais par
Martine Delattre*

*Illustration de
Frédéric Sochard*

Flammarion Jeunesse

CONTES DE VIVEK L'ÉLÉPHANT

En Inde, l'éléphant
a toujours représenté la sagesse.

Pour Rosemary, Gail et Laura

Chintu et le figuier sacré

❊

Plus d'eau nulle part. Les animaux meurent de soif. Dans les champs, la sécheresse. Dans la forêt, tous les arbres sont coupés. Pas une goutte de pluie, depuis des années. Les gens désertent leurs villages pour aller chercher en ville du travail et de quoi manger. Et là, en général, ils n'ont plus qu'à mendier.

C'est dans l'un de ces villages qu'habite Chintu. Avant de partir eux aussi, ses parents l'ont confié à un oncle. Le vieil homme possède un peu de terre et un éléphant qui sait déraciner les arbres qu'il traîne ensuite jusqu'à la scierie voisine. Mais, sous le soleil bouillant, la terre est comme un pain brûlé et la scierie se tait. Les hommes sont tous partis.

Qui peut vivre sans eau ?

Un jour, le vieil homme tombe malade. Il va mourir de soif, voilà qui ne fait aucun doute. Chintu est très faible. Il peut à peine marcher. Pourtant il prend un seau, va chercher son éléphant, le fait mettre à genoux et monte sur son cou. Oui, sur son cou, pas sur son dos. S'il veut être obéi, le cornac doit serrer doucement la tête de l'éléphant entre les jambes, à l'endroit où la peau est moins dure, juste derrière ses grandes oreilles plates, et pour cela, il faut s'asseoir sur son cou.

Vivek, c'est ainsi que s'appelle l'éléphant, supporte mal la soif, mais il est encore assez fort pour parcourir des kilomètres. Tous deux partent chercher de l'eau. Ils cherchent ici, là, et ailleurs. Sur ce paysage de terre et de sable, seule bouge l'ombre gigantesque de l'éléphant.

Chintu est sur le point de rebrousser chemin quand Vivek dresse sa trompe et pousse un barrissement. L'enfant sursaute. On dirait que l'éléphant hume le vent. Sa trompe s'agite comme un serpent énervé.

— Qu'y a-t-il ? demande Chintu.

Mais Vivek n'est pas de ces animaux qui parlent. C'est juste un bon gros et vieil éléphant. Et comme n'importe quel éléphant assoiffé qui a senti de l'eau, il part au trot, cahin-caha, vers une colline toute proche. Chintu est obligé de se cramponner à ses énormes oreilles pour ne pas tomber.

Vivek se dirige bientôt vers une masse sombre perchée sur la colline : un arbre, une sorte d'arbre parasol que l'on appelle figuier sacré.

Chintu est perplexe, et déçu. La colline est aussi sèche et pelée qu'une peau tannée. Rien dessus, sauf cet arbre. Les feuilles toujours vertes, une ombre miraculeusement fraîche. Mais toujours pas d'eau en vue.

Vivek s'arrête et se met à croquer les feuilles juteuses, exquises. Chintu ne sait que faire. Il ne peut tout de même pas rapporter un seau de feuilles !

Mais voilà que Vivek se met à pousser l'arbre. Le figuier, pourtant trapu, penche peu à peu et tombe. Ses gigantesques racines, sortant de terre, laissent un large trou béant.

Sous les yeux de Chintu, il commence à se remplir... d'eau !

L'arbre se trouvait sur une nappe souterraine que seules les racines d'un figuier peuvent atteindre. Et l'éléphant sait que là où pousse le figuier vert et feuillu, l'eau n'est pas loin.

Une fois que l'eau est claire et propre, Chintu boit tout son soûl. Vivek en fait autant, après quoi il s'asperge en même temps que Chintu d'eau bien fraîche. Enfin Chintu remplit le seau et se prépare à partir. Au cours de leurs recherches, ils ont erré des heures, mais Chintu s'aperçoit à présent que le village n'est pas très loin s'ils vont droit devant eux.

Quoi qu'il en soit, si ses soucis sont terminés, les ennuis ne font que commencer.

Vivek ne peut se résoudre à abandonner des feuilles aussi juteuses et il décide de traîner le figuier par une branche. Dans la descente cette dernière casse, et l'arbre en dérapant creuse un sillon profond qui provoque un éboulis de roches et de cailloux. Comme si toute une partie de la colline s'écroulait.

Il n'y avait personne, heureusement. Pourtant à cet instant précis, Chintu entend un cri de colère qui vient du bas de la colline.

Apparaît alors l'homme le plus étrange qu'il ait jamais vu : un petit homme trapu avec une grosse moustache qui lui descend jusqu'à la ceinture. Il porte une corde sur son épaule. Il a l'air furieux. Il peste, trépigne et se prend sans arrêt la moustache dans la bouche.

— Je suis confus, monsieur, dit Chintu, sans oser mettre pied à terre. Heureusement, vous n'êtes pas mort.

— Heureusement ? Heureusement ? répond l'homme en bafouillant. Il n'y a pas de quoi être heureux ! Moi je suis triste de ne pas être mort !

— Quoi ?

— Oui, reprend l'homme. Je suis venu ici pour mourir. Vous voyez cette corde sur mon épaule ? J'allais sur la colline pour me pendre au seul arbre solide de la région. Et regardez ! Que vais-je faire à présent ? Y avez-vous pensé ?

— Pardon, monsieur, mais...

Chintu n'est pas sûr d'avoir bien compris.

— Et ne m'appelez pas monsieur ! répond l'homme sèchement. Je m'appelle Hanji et je suis serviteur. C'est moi qui devrais vous appeler monsieur, mais pour l'instant je suis tellement en colère que je ne peux que vous traiter d'imbécile.

— Mais pourquoi voulez-vous mourir ?

— En voilà une question ! lance Hanji le serviteur. Je veux mourir parce que je n'ai plus de raisons de vivre. Pas d'eau, mon maître est mort, le pays est un vrai désert, pas de travail. Je n'ai pas envie de souffrir et de mourir de soif. Autant en finir.

— C'est ridicule ! répond Chintu.

Alors les yeux de l'homme s'arrêtent sur le seau.

— Ah ah ! Oh oh ! Qu'avez-vous dans ce seau ?

Chintu hésite.

— C'est de l'eau.

— De l'eau ? De l'eau ! s'écrie l'homme. Par pitié, donnez-m'en un peu. Juste une goutte. Une seule goutte.

— Je croyais que vous vouliez mourir, dit Chintu.

— Pas de soif ! proteste l'homme. S'il y a de l'eau ici, je ne veux plus mourir.

— Bien, acquiesce Chintu, en lui tendant le seau. Vous pouvez en prendre un peu, mais n'en buvez pas trop, je dois apporter cette eau à mon oncle malade.

— Juste une goutte, dit l'homme. Une seule goutte, une goutte de toute cette eau, je ne le priverai pas.

Et il boit un quart du seau.

— Maintenant, dit Hanji en sortant sa longue moustache de l'eau, permettez-moi d'être votre serviteur.
— Je n'ai pas besoin de serviteur.
— Vous n'avez peut-être pas besoin de serviteur, poursuit Hanji, mais moi j'ai besoin d'un maître. J'ai besoin de travailler. Et puisque je vous dois la vie...
— Vous ne me devez rien du tout, dit Chintu.
— Si, je vous assure. Cette eau m'a sauvé la vie. Alors voyons, petit maître, que comptiez-vous faire de cet arbre ?
— L'éléphant voulait l'emporter.
— Dans ce cas, ce rouleau de corde est exactement ce qu'il nous faut. Nous allons harnacher l'éléphant et il traînera l'arbre derrière lui.

Sitôt dit, sitôt fait, et l'homme monte sur l'éléphant.
— Voilà, ici je suis à ma place, dit Hanji le serviteur, un peu derrière mon maître. À présent, avec votre permission, je vais chanter.

Et tandis qu'ils reprennent la route, il se met à chanter un air qui parle de l'eau, source de toute vie sur la terre.

Alors qu'ils traversent un petit village, le chant de Hanji attire une vieille femme qui se précipite dehors, une louche à la main. Hanji lui adresse un clin d'œil et continue à chanter :

Qui a de l'eau
À ce qu'il lui faut
Qui a de l'eau
Rit de ses oripeaux...

— Arrêtez ! croasse la vieille. Arrêtez, je vous dis !

Ils s'arrêtent.

D'une voix rauque, la vieille femme leur demande si, par le plus grand des hasards, ils auraient de l'eau.

— Nous en avons, dit Hanji en jouant avec sa moustache, mais c'est pour un malade.

— Vous laisseriez une vieille femme mourir faute d'une goutte d'eau, alors que vous en avez un seau entier ? s'écrie-t-elle.

— Possible, répond Hanji en tortillant sa moustache avec malice.

— Oh non, dit la vieille d'une voix plaintive. Si j'avais une goutte d'eau je pourrais vous préparer le meilleur plat du monde. J'ai toutes sortes de nourritures et de légumes secs en réserve, mais je manque d'eau.

— Ah, soupire Hanji en se pourléchant.

— Une goutte, croasse-t-elle, une goutte, c'est tout ce que je demande.

— Nous pourrions t'en donner deux, dit Hanji. Une pour boire et une autre pour cuisiner, si tu nous fais à manger.

— Ton maître n'a pas dit oui, lance-t-elle d'un ton soupçonneux.

— Je parle en son nom, réplique Hanji avec hauteur.

— D'accord, soupire Chintu avant de lui prêter le seau. D'ailleurs, je meurs de faim.

De sa vie, Chintu n'a jamais rien mangé d'aussi bon.

— Félicitations, la vieille ! s'exclame Hanji, tu viens de trouver un travail. Je suis sûr que nous avons besoin d'une bonne cuisinière. Emballe tes provisions et tes épices, viens avec nous.

Et l'éléphant emmène un nouveau passager. Derrière l'arbre, le sillon s'est creusé. L'eau a diminué de moitié mais il en reste quand même pour l'oncle de Chintu.

Ils n'ont pas fait cent pas que l'éléphant s'arrête, la patte en l'air.

— Que lui arrive-t-il ? demande la vieille.

— Que lui arrive-t-il ? répète Hanji.

— Je ne vois pas très bien d'où je suis, dit Chintu, mais je crois que c'est un oiseau. L'éléphant allait l'écraser.

— Bizarre, dit la vieille.

— Bizarre, comme c'est bizarre, dit Hanji.

— Je ne trouve pas, dit Chintu. Lui aussi doit mourir de soif.

L'éléphant ramasse l'oiseau avec sa trompe et le donne à Chintu.

— Tiens ! C'est un moineau ! s'exclame le petit maître.

— C'est l'âme du foyer, répond Hanji.

— Oh, le pauvre, donnez-lui un peu d'eau, murmure la vieille.

Chintu verse quelques gouttes dans le bec de l'oiseau. Puis l'éléphant repart. En un instant, le moineau, de nouveau sur ses pattes, gazouille comme si de rien n'était. C'est alors que l'équipée aperçoit un gros bœuf couché sur le flanc.

— Une bonne bête de labour, fait remarquer Hanji.

Bien sûr, Chintu lui donne de quoi boire, le bœuf se relève et, chancelant, se met à les suivre. Ils croisent enfin une vache et son veau, un âne, un chiot, un cochon et quelques poules. Tous ont droit à une gorgée d'eau et tous emboîtent le pas à l'éléphant.

Mais Chintu est triste. Il reste si peu d'eau qu'il n'a plus qu'à espérer que son oncle s'en contentera. Impensable de retourner à la source maintenant. La maison est trop proche.

Enfin, ils arrivent. Chintu met aussitôt pied à terre, court à la cuisine et remplit un gobelet en faisant bien attention de ne pas perdre une goutte. Quand il entend son neveu approcher, le vieil homme ouvre les yeux et ne prononce qu'un seul mot : boire.

Chintu hoche la tête et lui montre le petit bol. Le vieillard lui sourit faiblement.

— Merci, murmure-t-il. Aide-moi à m'asseoir, veux-tu ?

Chintu pose le gobelet sur l'appui de fenêtre et arrange les oreillers pour installer le vieil homme.

— Nous avons trouvé de l'eau, lui raconte-t-il. J'en avais un seau entier mais il m'en reste très peu, car tous ceux que nous avons croisés avaient soif.

— Petit imbécile !

— Ils allaient mourir. Je devais les sauver.

Le vieillard lâche un soupir.

— Tu ne comprendras donc jamais ! Les gens sont mauvais et égoïstes. Lorsqu'on t'aura tout pris, tu n'auras plus que les yeux pour pleurer.

— Mais ils sont tous venus, proteste l'enfant, ils vont nous aider.

Le vieil homme, trop faible pour discuter, se contente de répéter :

— À boire.

Chintu approche le gobelet des lèvres de son oncle... Il est vide ! Blême de colère, le vieil homme le repousse rageusement et le bol va se fracasser dans un coin de la pièce.

— Comment oses-tu me jouer un tour aussi cruel !

Chintu est horrifié. Que s'est-il passé ? Enfin il comprend. Le coupable, couché sur l'appui de fenêtre, se lèche les babines en miaulant.

— J'espère que tes sottises se retourneront contre toi ! lance le vieil homme. À cause de toi je vais mourir de soif.

Accablé, Chintu fond en larmes ; c'est alors qu'il croit entendre une musique familière. Il tend l'oreille. Son oncle se redresse. Oui... C'est la chanson de l'eau, acclamée par les rires et les cris de joie de ses nouveaux amis.

Il se précipite à la fenêtre.

— Que se passe-t-il ? demande le vieil homme. Dis-moi !

— De l'eau ! C'est de l'eau ! s'écrie Chintu. Un torrent ! Une rivière ! Elle descend de la colline, de la source ! Elle a suivi le sillon que l'arbre a creusé.

— Quel arbre, mon garçon ? De quel arbre parles-tu ?

— De celui que l'éléphant a traîné jusqu'ici.

— Tu es devenu fou, mon garçon ? La scierie est fermée. Cet éléphant n'a pas travaillé depuis des mois.

— Ce n'est rien, mon oncle. Je t'expliquerai plus tard, dit Chintu, car Hanji est entré avec un seau d'eau.

Le vieil homme n'attend même pas qu'on lui apporte un bol ou un verre.

— Non, non, s'écrie-t-il. La dernière fois que j'ai voulu boire dans un bol, le chat a tout bu, si je prends un seau, qui me dit que l'éléphant ne le videra pas à ma place ? Non, donne.

Et, prenant de l'eau dans le creux de ses mains, il se met à boire.

Puis il lève les yeux vers Hanji.

— Qui es-tu ?

— Puisque vous êtes l'oncle de mon maître, répond Hanji, je suis également votre serviteur, naturellement.

— Hmm, grogne le vieil homme. Tu causes, mais travailles-tu au moins ?

— Je peux creuser un fossé et amener l'eau dans vos champs en un clin d'œil, dit Hanji. Je peux aussi traîner l'arbre plus loin pour que le torrent continue son chemin. Il n'est peut-être pas utile de causer une inondation pour arrêter la famine !

— Trop malin pour être honnête, dit le vieillard, bougon mais manifestement content. Eh bien, dans ce cas, poursuit-il, vas-y. Qu'attends-tu ?

— Les ordres de mon maître, dit Hanji en regardant Chintu.

Surpris, Chintu écarquille les yeux. Puis il hoche la tête.

Hanji est sur le point de partir quand le vieil homme l'arrête :

— Souviens-toi bien d'une chose. À partir d'aujourd'hui, Chintu est non seulement ton maître, mais le maître des lieux et de mes terres. Il nous a sauvés de la misère, alors tout est à lui.

— Bien, monsieur ! dit Hanji, et il part en dansant prévenir les autres.

Chintu voudrait remercier son oncle mais ce dernier, alléché par une odeur délicieuse, ne lui en laisse pas le temps.

— Hmm, s'écrie-t-il, quel est ce doux parfum ? Quel fumet... Aurais-tu aussi trouvé une cuisinière ?

— Oui, mon oncle, répond Chintu. Et des poules, un cochon, un chiot, un bœuf, une vache, un veau, un...

— Dieux du ciel ! s'exclame le vieil homme.

À cet instant précis, le moineau entre en voletant.

— Et un moineau aussi, ajoute Chintu.

— Eh bien, soupire le vieil homme, il ne reste plus qu'à envoyer chercher tes parents en ville et mon bonheur sera complet.

Et c'est ce qui fut fait.

Quelques jours plus tard, à leur retour, les parents de Chintu ne peuvent en croire leurs yeux. Les champs verdissent, la ferme est florissante, et l'eau du torrent chantonne gaiement devant la maison. Ils serrent longuement Chintu dans leurs bras.

— Nous revenons plus pauvres qu'en partant et toi qui es resté, tu es plus riche qu'avant. Quel prodige !

— Oui, oui, lance le vieil homme en gloussant depuis son lit. J'ai tout d'abord maudit Chintu, je pensais que c'était pure folie. Mais comme je me trompais ! On a parfois bien plus à gagner dans une bonne action qu'on ne l'avait d'abord imaginé.

La vente de l'éléphant

Avoir un éléphant chez soi n'est pas toujours chose facile. Un jour arrive où le vieil homme tente de persuader son neveu qu'il faut vendre Vivek. Mais si garder un éléphant n'est pas simple, le vendre en revanche est encore plus difficile. Personne, apparemment, n'ignore qu'il mange et boit en quantité, qu'il est gros, qu'il lui faut beaucoup de place et qu'il n'obéit qu'à ceux qu'il aime.

Chintu ne veut rien entendre, mais son oncle lui rétorque que puisque la scierie est fermée, un éléphant ne leur est plus d'aucune utilité.

À quoi Chintu réplique que certaines choses valent tous les trésors, même si elles paraissent inutiles.

— Je comprends ce que tu éprouves, répond le vieil homme. Par le passé Vivek nous a aidés, mais il deviendra vite un fardeau.

La vente est donc organisée. Les hommes qui se présentent sont certes intéressés mais tous espèrent acheter Vivek à bas prix. Ils froncent les sourcils, se grattent la barbe.

— Il est beaucoup trop gros. Que ses yeux sont petits ! Il a la queue bien courte... Oui, ses défenses sont longues, mais elles sont plus jaunes que blanches.

Enfin arrive Badla, un homme irascible au service d'un riche zamindar, puissant propriétaire terrien du village voisin. Badla examine l'animal. Muni d'un bâton, il palpe de-ci, tâte de-là, donne de petits coups sur les défenses de Vivek.

Chintu lui demande d'être plus gentil, car les éléphants, doués, comme on le sait, d'une douceur naturelle, n'ont pas l'habitude d'être molestés. Mais l'homme lui répond sèchement :

— Veux-tu que je l'achète ou non ? J'ai pour ordre de payer cet éléphant le prix qui sera le tien si c'est un bon animal. Je m'assure que c'est le cas.

Sur ce, il redouble ses coups et se met à pincer la peau du pauvre Vivek.

— Hmm ! dit-il en ronchonnant. Une si grosse bête ne me donnera que davantage de travail. Si encore mon maître avait eu envie d'un chat, d'un chien ou d'un cheval... mais cette balourde créature va me causer une montagne de soucis. Il faudra le baigner et l'étriller, sans compter le mal que je devrai me donner pour le faire avancer !

— Oh non ! s'écrie Chintu. C'est un ami fidèle et très docile. Il suffit de bien le traiter et vous en serez satisfait.

Si Badla n'est pas homme à tenir compte de ce genre de conseil, Vivek, lui, n'est pas animal à oublier. Les éléphants sont réputés pour leur grande mémoire. Ils se souviennent des bontés et des cruautés de chacun.

La suite le montrera. Mais pour l'heure, Badla paie et emmène Vivek.

Un mois s'écoule. Vivek endure les railleries et les coups de Badla. Il ne quitte pas l'ombre d'un banian [1] près duquel il est attaché, la patte enchaînée à un pieu, se nourrissant de ce que l'on veut bien lui donner.

1. Figuier de l'Inde dont les branches produisent des racines qui descendent jusqu'au sol et donnent de nouveaux arbres.

Bientôt Badla imagine une plaisanterie cruelle. Il dépose des bananes à la vue de Vivek mais hors de sa portée et observe ses vaines tentatives pour les atteindre. Les jours passent, les fruits pourrissent, après quoi Badla les remplace et le jeu recommence. Vivek pousse des barrissements désespérés et Badla dit en riant à ses amis que l'éléphant va comprendre qui est le maître.

Or, il se trouve que le zamindar a un petit enfant. Chaque jour une servante l'emmène voir l'éléphant. Sans quitter les bras de sa nourrice, l'enfant prend une banane et la tend à l'animal. Ainsi, chaque matin, Vivek reçoit un fruit ou deux de ses mains et se prend peu à peu d'affection pour lui.

Un jour que Badla tourmente l'éléphant, il décide, pour pimenter son petit jeu, de lui donner des coups de canne sur la trompe. Vivek lâche un barrissement furieux et, secouant violemment la patte, brise la chaîne qui le retenait prisonnier. Puis, les oreilles déployées, ce qui le fait paraître plus gros encore, il charge Badla et ses compagnons qui hurlent de terreur. Badla tente hypocritement de lui offrir des bananes, mais Vivek veut davantage. Il veut régler ses comptes.

Il soulève Badla de terre, l'envoie voler plus loin, puis piétine ses affaires. Après quoi il s'élance à la poursuite des complices de son maître à travers le village, écrasant tout sur son passage, clôtures, maisons et cabanons.

Les villageois crient et courent dans toutes les directions ; l'éléphant est enragé !

Devant ce monstre qui traverse le village au pas de charge, la nourrice est prise de panique. Oubliant l'enfant qui joue par terre, elle prend la fuite pour sauver sa vie. Dans la débandade, elle bouscule le zamindar qui, une carabine à la main, s'apprête à abattre l'éléphant.

C'est à ce moment qu'ils aperçoivent l'enfant qui avance à quatre pattes, sur la trajectoire de la bête enragée !

Vivek, avisant le petit, s'arrête net et, du bout de sa trompe, le renifle délicatement. Le zamindar met son fusil en joue... Pourtant, il hésite. S'il tire maintenant, l'éléphant en s'écroulant risque d'écraser son fils.

Mais voilà que Vivek attrape le bébé dans le creux de sa trompe. Le zamindar lâche son fusil et se cache le visage dans les mains. Il ne peut supporter de voir l'éléphant massacrer son enfant. Mais Vivek le porte avec une grande délicatesse et, s'avançant vers la nourrice, vient le déposer dans ses bras. Avant que le zamindar ait pu dire un mot, Vivek fait volte-face et repart au pas de charge vers l'autre bout de la rue, à la poursuite des hommes qui l'ont tant fait souffrir.

À cet instant le zamindar comprend : Vivek n'est pas une bête enragée, il a simplement été contrarié. Il donne donc ses ordres. Que personne ne tente d'abattre l'éléphant. Qu'on le laisse plutôt partir dans les champs de canne à sucre. Après quoi, il envoie chercher Chintu.

Celui-ci arrive. On le charge d'aller calmer l'animal et Vivek revient avec lui, aussi placide qu'une vache. Il n'a plus rien d'un monstre.

Le zamindar offre à Chintu de lui rendre son éléphant, ce que l'enfant accepte, ravi. Jamais son oncle n'osera offenser un zamindar aussi puissant en se séparant d'un de ses présents. D'autant qu'il est mal venu de revendre ce qui a déjà été vendu.

Et c'est ainsi que Vivek rentre chez lui avec Chintu.

Le secret de la Vallée d'Or

Un jour, alors que Vivek l'éléphant se baigne dans la rivière, immergé jusqu'aux flancs, Chintu, qui rêve sur la berge, voit arriver un homme monté sur un élégant cheval noir et coiffé d'un turban magnifique.

— Salut l'ami ! s'écrie l'homme et, descendant de sa monture, il fait la révérence. Je viens des montagnes neigeuses d'où m'envoie le roi de Kwab.

À ces mots, Chintu se redresse.

— Pour me voir ?

L'homme acquiesce.

— Le roi souhaite emprunter votre éléphant.

Revenu de sa stupéfaction, Chintu fronce les sourcils.

— Voyez-vous, mes parents s'opposeront sans doute à un si long voyage. De plus il me faudrait l'accompagner car Vivek n'obéit qu'à moi.

— D'accord, dit l'homme en soupirant. Je laisserai à votre famille cet excellent cheval noir en gage de ma bonne foi. Qu'ils le libèrent à votre retour, il regagnera le royaume de Kwab au galop. Ce marché vous paraît-il équitable ?

Bientôt, tous deux quittent le village sur le dos de l'éléphant.

— Permettez que je me présente comme le veut l'usage, dit l'homme. Je suis Dhoka, vizir de Kwab.

— Le vizir ! s'exclame Chintu. Mais vous êtes Premier ministre, vous vous placez donc juste après le roi ! Le roi ne pouvait-il envoyer quelqu'un de moins important ?

— Il s'agit d'une mission secrète et importante, murmure le vizir.

À quoi il n'ajoute rien.

Deux jours durant, ils voyagent, campent deux nuits et au matin du troisième jour se retrouvent en pleine montagne. Le vallon qui s'étend devant eux ressemble à un lac asséché. Il est parsemé de buissons et d'arbres, parmi lesquels une centaine de paons se pavanent et font la roue.

— Ils sont beaux ! s'exclame Chintu.

— Mais dangereux, l'avertit son compagnon. Leurs becs vous crèveraient les yeux. Ces oiseaux sont dressés à cette fin.

Chintu frémit.

— Oh non !

— Oh si, dit le vizir. Ils protègent l'entrée du royaume de Kwab des étrangers. Une méthode excellente, conçue par le nouveau roi en personne. Nul ne peut entrer ni sortir sans emprunter le sentier des Paons. Mais n'ayez crainte : ils ne peuvent pas voler jusqu'ici.

— Comment nous rendrons-nous de l'autre côté ? demande Chintu.

— Les yeux bandés, dit l'homme.

— Les yeux bandés ?

— C'est pour cela que je porte un si grand turban, explique le vizir. Un seul pan suffira à bander les yeux de l'éléphant, les vôtres et les miens, ainsi qu'à nous fabriquer à tous deux un turban. De cette façon, votre tête sera protégée.

— Mais alors, demande Chintu, perplexe, comment saurons-nous que nous allons dans la bonne direction ?

— Voici la réponse à votre question, répond le vizir, sortant un bugle d'argent des plis de son manteau.

Il joue un air mélodieux et attend. Un concert de trompettes lui répond de l'autre côté des montagnes. C'est un torrent de miel. À ce moment précis, une flèche vient se planter dans un arbre non loin d'eux.

— Prenez cette flèche, dit le vizir. Une corde y est attachée comme à une canne à pêche. Gardez la flèche en main. L'archer du roi, qui se tient de l'autre côté, tirera sur la corde, il nous guidera, et nous traverserons en sécurité.

Leurs préparatifs achevés, ils s'engagent dans le sentier des Paons. Tout à coup, un bruit d'ailes vrille l'air, suivi d'un coup de vent, avant qu'un cri strident ne résonne au visage de Chintu. À l'abri sous son turban, il sent les griffes se planter sur sa tête. Deux paons, trois paons, quatre paons se posent sur lui. L'un deux tire sur l'étoffe d'un coup de bec, mais le bandeau reste en place. Chintu hurle, terrifié.

De seconde en seconde, la musique se fait plus forte et ils entament enfin la dernière partie de leur ascension. Les trompettes se taisent.

— Doucement, voilà ! lance une voix nouvelle. Bien... Vous êtes arrivés. Bienvenue au royaume de Kwab !

Ils ôtent leurs bandeaux, celui de l'éléphant, et se retrouvent face à l'archer entouré des hérauts du royaume.

Assurément, le royaume de Kwab est l'endroit le plus enchanteur que Chintu ait jamais vu. La terre elle-même semble sourire. Partout des gens aux joues rouges vaquent à leurs occupations en chantant. Mais il suffit qu'ils aperçoivent le compagnon de Chintu pour qu'ils se renfrognent et tournent les talons.

— Quelle tristesse, quel dommage ! murmure le vizir. Ils me détestent, je leur fais peur parce que je suis très proche de Sa Majesté.

Et lorsqu'ils parviennent au palais, Chintu découvre en effet un odieux personnage. Grand, maigre, les cheveux plaqués sur le crâne, une raie au milieu, le roi arbore une moustache militaire et l'uniforme d'un général. Il s'est d'ailleurs décerné tant de médailles pour chaque ennemi tué, qu'il est contraint de les épingler jusque sur son pantalon. Enfin, des yeux dénués de sourcils achèvent ce tableau de pure cruauté.

— Au fait ! dit le roi, sans autre préambule. Vous devez vous demander pourquoi j'ai voulu emprunter votre éléphant alors qu'il est dans les moyens d'un roi de posséder le sien. Certains me disent avare. Mais le fait est que je n'ai pas d'argent.

Chintu a l'air surpris.

— Je sais, je sais, dit le roi. Comme tout le monde vous avez dû entendre parler de la fabuleuse richesse du royaume de Kwab. Mais en tuant le vieux roi pour m'emparer du trône, je n'avais pas prévu que son trésor resterait enfermé avec son secret dans la Vallée d'Or. Nous avons besoin d'un éléphant pour dégager le gros rocher qui bouche l'entrée de la vallée. Il me tarde de tenter à nouveau de percer le secret.

Le roi et son vizir font traverser les terres du royaume à Chintu et Vivek pour les conduire au pied d'une montagne. Le rocher qui se dresse devant eux est aussi grand qu'une maison. Le déplacer est difficile, même pour un éléphant, mais peu à peu apparaît une entrée gigantesque.

Ils s'enfoncent sous la montagne et débouchent finalement de l'autre côté, dans une petite vallée retirée, encerclée de cimes neigeuses. Les coteaux des collines voisines étincellent sous le soleil.
— De l'or ! s'exclame le vizir en s'étranglant de rire, de l'or brut !
Où qu'il se porte, le regard de Chintu ne rencontre que des merveilles. Pierres de jade, émeraudes, rubis, saphirs, minéraux et d'autres pierres précieuses. Toute chose scintille, brille et clignote dans le soleil. Au lointain, Chintu aperçoit une petite ferme, des moutons et quelques vaches, deux ou trois petits champs et un carré de légumes.

— Quelqu'un vit-il ici ? s'écrie-t-il.

Sans mot dire, le roi et le vizir échangent un regard, puis le roi, haussant les épaules, prend le chemin de la maisonnette.

C'est la demeure de la princesse Priya, fille du roi assassiné, qui vit avec sa vieille servante Satya. Priya est une très jeune fille, mais si belle que Chintu ne peut en détourner les yeux. Elle éclipse toutes les pierres précieuses de la vallée.

— Révélez-moi le secret sur-le-champ, dit le roi à la servante, et je vous libère, ta maîtresse et toi.

— Non ! dit la vieille femme en lui tournant le dos.

La petite princesse est triste.

— Oh, Satya, finissons-en, dit-elle en soupirant. Donne-leur le secret, ou ils nous forceront à vivre ici jusqu'à la fin de nos jours.

— Mon enfant, j'ai promis à ton père de ne jamais rien dire à ce gredin. Nous ne devons la vie qu'à l'espoir qu'il a de découvrir grâce à nous la couronne royale et la tunique de cérémonie. Il sait que ses propres soldats se retourneraient contre lui si quelqu'un venait à paraître, vêtu des atours du véritable roi.

— Je suis le roi ! dit le roi.

— Non, Zaban. Tu n'es pas le roi, dit la femme. Tu n'es que Zaban l'usurpateur, le tyran.

Contenant sa colère, Zaban dit au vizir :

— Venez, Dhoka, retournons dans la vallée. La couronne et la tunique s'y trouvent forcément.

Leurs recherches les tiennent éloignés un moment. Pendant ce temps, Chintu raconte à la princesse et à sa servante comment son éléphant l'a entraîné jusque-là.

— Votre venue exauce nos prières, dit la petite princesse. Nous sommes prisonnières. Accordez-nous votre aide.

— Je ferai de mon mieux, dit Chintu en rougissant au rapide baiser que la petite princesse dépose sur sa joue.

— Ils essaieront certainement de vous tuer dès que votre éléphant aura repoussé le rocher, dit la vieille servante, mais avec un peu d'astuce, vous pourrez leur échapper.

— Que dois-je faire pour vous libérer ? demande Chintu.

— Tout d'abord, dit la servante en parlant aussi vite que possible, vous devrez faire en sorte qu'ils ne vous tuent pas. Pour cela, il vous faudra vous rendre sur le sentier des Paons sans bandeau afin de repérer le puits.

— Le puits ?

— Oui, vous trouverez un puits tari à quelques pas du chemin. Emportez une corde. Au fond du puits, vous trouverez un vieux coffre, très lourd. Voici la clé qui l'ouvrira.

Et sur ces mots elle tend à Chintu une petite clé d'or en forme de paon.

— Pourquoi a-t-elle cette forme ? demande Chintu.

Cette fois, la princesse prend la parole.

— Parce que mon père, le bon roi, le véritable roi, aimait la compagnie de ces oiseaux. Ils n'ont pas toujours été les terribles créatures qu'ils sont devenus. Zaban les a rendus cruels. Maintenant ils crèvent les yeux des gens. Mais, autrefois, mon père leur donnait le pain que ma servante Satya confectionnait pour eux. C'est un pain délicieux. Ils faisaient un repas d'une seule bouchée. C'était leur nourriture préférée. Un tout petit morceau les laissait repus, incapables de voler. Ils adoraient ce pain.

Une idée s'est formée dans l'esprit de Chintu. Il se tourne vers la vieille servante et lui demande avec inquiétude :

— En avez-vous encore ?

— Bien sûr, dit la vieille servante. Nous-mêmes en mangeons souvent. J'en ai cuit hier encore.

— Alors donnez-m'en.

— Vous en emporterez une corbeille, dit la servante.

Le pain qu'elle lui présente sent le seigle et le gingembre, les clous de girofle, le fromage et les herbes. C'est en effet un pain très spécial.

Chintu attache le panier sur le dos de Vivek.

À ce moment précis le tyran revient, accompagné de son vizir.

— Ah, s'écrie Zaban. Ah, ah ! Ainsi tu essaies d'emporter des pierres précieuses et de l'or !

— Pas du tout, dit Chintu. Ce n'est que du pain.

— Du pain ! dit le vizir d'un ton railleur avant de se tourner vers Zaban. Seigneur, d'ordinaire, nous emportons tout ce que nos poches peuvent contenir. Que diriez-vous, cette fois, de charger un sac ou deux sur l'éléphant ?

À la surprise de Chintu, Zaban dit d'un ton morne :

— Ce sera vain sans doute, mais nous pouvons essayer.

La vieille servante et la petite princesse les regardent faire en riant. Chintu, lui, reste interdit jusqu'à ce qu'il découvre, sur le chemin du retour, cette inscription, gravée au-dessus de l'embouchure du tunnel :

*Tous ceux qui sont venus ici peuvent
à loisir s'émerveiller de ces richesses,
mais seul celui qui sera revêtu des atours
de la véritable noblesse pourra les emporter.
Pour les autres, elles se changeront
en fer vulgaire et sans éclat.*

En effet, au moment même où ils sortent du tunnel, le ciel gronde, comme sous le tonnerre, aussitôt suivi d'un éclair. Au bord des larmes, Zaban se tourne vers Dhoka.

— Et voilà ! Je le savais. C'est peine perdue sans la couronne et la tunique !

Dhoka ouvre les sacs. À la place de l'or et des pierres précieuses, ceux-ci ne contiennent plus que des morceaux de fer. Zaban s'arrache les cheveux et lance d'une voix rageuse :

— Il n'en faut pas plus pour rendre les gens avares ! Toutes ces richesses, et je ne peux m'en servir. L'amour du peuple, qu'importe ! Le trésor de cette vallée, c'est tout ce que je désire !

Vivek fait rouler le rocher à sa place, refermant ainsi l'entrée de la vallée et Chintu n'attend pas davantage pour leur lancer, effrontément :

— Je sais que vous croyez pouvoir me tuer et garder l'éléphant.

— En effet, répond Zaban en jouant avec l'une de ses médailles, cette pensée m'a effleuré l'esprit. Après tout, si j'ai pu soumettre les paons à ma volonté, je peux bien faire travailler ton éléphant pour moi. Nous n'avons peut-être pas vraiment besoin de toi.

— Je peux pourtant vous affirmer le contraire, réplique Chintu. Sans moi, jamais vous ne trouverez la couronne et la tunique royales.

— Ai-je bien entendu ? Veux-tu dire que tu connais la cachette ?

— Je peux vous y conduire, dit Chintu, une pointe de malice dans les yeux. La vieille m'a raconté le secret pendant que le vizir et vous étiez partis dans la Vallée d'Or.

— Sornettes, Majesté, s'écrie le vizir. N'en croyez rien ! Permettez que je lui coupe une jambe pour lui ôter le goût de telles plaisanteries.

Sur ce, il dégaine son épée.

— Range cette épée, ordonne Zaban. Elle me paraît bien affûtée, cela me rend nerveux.

Mais au même moment il tire la sienne ainsi que son poignard.

Chintu brandit alors la clé qui lui a été confiée.

— Regardez ! dit-il. C'est la clé du vieux coffre. Elle était en or quand la vieille me l'a remise, elle est en fer à présent, mais c'est la clé qui nous donnera la couronne.

— Assurément ! s'écrie Zaban. C'est la vieille clé royale. Je m'en souviens.

— Mais je suis le seul à pouvoir vous amener là-bas, dit Chintu.

— Soit, dit Zaban d'un ton sarcastique, dans ce cas, montre-moi le chemin.

— Je viens aussi, dit le vizir.

— Non, pas toi, dit Zaban. Et ceci est un ordre. Tu es consigné au palais jusqu'à mon retour.

— Majesté, répond le vizir. Voici un ordre auquel je n'obéirai pas. Toute ma vie j'ai attendu ce jour.

Et son épée fend l'air en sifflant.

Zaban est plus mince et ses pieds plus rapides. Il s'élance, entrechoquant sa dague et son épée.

— Vois ces médailles, dit-il d'un ton moqueur. J'en ai balafré bien d'autres avant toi.

Ils s'affrontent, le vizir chancelle, il tombe et c'est la fin.

— À présent, dit Zaban en accrochant une nouvelle médaille à l'étoffe de son pantalon, dépêchons, avant que quelqu'un d'autre n'intervienne. Emmène-moi au coffre.

Montés sur l'éléphant, Chintu et Zaban se dirigent vers le sentier des Paons.

— Mais, s'écrie Zaban, tu sors du royaume de Kwab !

— À peine, répond Chintu.

— N'essaie pas de te jouer de moi, dit Zaban, menaçant Chintu de son épée encore rougie de sang. Tu n'es qu'un enfant et je suis maître d'armes. Tu as vu ce qui est arrivé à ce vizir sans cervelle.

— En effet, dit Chintu, j'ai vu.

À l'approche du tyran, les gardiens de la passe se laissent tomber à genoux. L'archer du roi s'incline et fait un pas de côté.

— Va nous chercher des bandeaux et donne-moi un turban ! ordonne le tyran.

On les lui apporte. Chintu et Vivek se font bander les yeux. Zaban de même.

Zaban se penche vers l'enfant et souffle :

— Devrons-nous creuser ? Le coffre est-il enterré ?

— Bien sûr, répond Chintu.

— Dans ce cas, dit Zaban, je vais donner l'ordre aux gardiens et à l'archer de se retourner. Il ne nous plairait guère que l'un d'eux se mette en tête tout à coup de monter sur le trône.

Et il leur ordonne de s'exécuter.

Puis Chintu dirige Vivek dans le sentier des Paons. Après quelques pas, ôtant vivement son bandeau, il sort de la corbeille un des pains de la vieille servante. À peine l'a-t-il sorti qu'un premier paon vient l'attaquer aux yeux. Chintu tend la miche à hauteur de son visage. L'oiseau la picore et presque aussitôt, dans un doux gargouillement, il regagne le sol où, repliant ses ailes, il lâche un cri de satisfaction rauque.

L'un après l'autre, les redoutables oiseaux viennent se poser sur Chintu qui, chaque fois, leur donne la becquée. À mi-chemin, apercevant le vieux puits, il fait tourner l'éléphant dans sa direction et l'immobilise au bord du trou.

— Pourquoi t'es-tu arrêté ? s'écrie, pris de panique, le tyran que le bandeau aveugle.

— L'éléphant n'avance plus, dit Chintu. Je crois qu'il a une épine dans le pied.

— Que n'ont-ils des sabots comme les chevaux, ou des chaussures comme les hommes ! dit Zaban. Ce n'est encore jamais arrivé. Personne ne s'arrête sur ce sentier.

— Laissez-moi faire, je vais aller l'aider. Je vais ôter cette épine, dit Chintu.

— Oh, très bien, mais fais vite !

À présent, tous les paons se sont posés. À une ou deux reprises, ils tentent de s'envoler mais s'en trouvent bien incapables. Certains se sont même réfugiés sous les buissons pour dormir.

Déroulant à la hâte une corde attachée au cou de Vivek, Chintu descend au fond du puits. Il y fait noir mais, à tâtons, il trouve le coffre, l'attache à la corde, puis le remonte en faisant reculer l'éléphant.

— Mais que fais-tu donc ? s'enquiert Zaban.

— Je cherche l'épine, dit Chintu. Je lui fais lever les pattes.

— Fais vite ! répète Zaban. J'ai l'impression tout à coup de m'être bien sottement fourvoyé en faisant de cette passe un endroit si dangereux.

Chintu a fait bouger Vivek qui se trouve à présent près du puits.

— Peut-être devrions-nous laisser l'éléphant ici, dit Zaban le tyran. Nous pourrons toujours nous en procurer un autre. Le mieux est peut-être encore de marcher.

— C'est exactement ce que je pensais, dit Chintu. L'éléphant va se mettre à genoux pour vous laisser descendre.

— D'accord, dit Zaban, gardant son épée à la main.

L'éléphant s'agenouille, Zaban descend... et tombe dans le puits ! Il pousse des hurlements mais, redoutant les paons, se refuse à ôter son bandeau. Après tout, où qu'il soit tombé, les paons peuvent l'atteindre !

Sortant la clé, Chintu ouvre le coffre. Il est abasourdi. Le coffre renferme une couronne d'épines et une tunique taillée dans l'écorce desséchée et burinée d'un arbre. Semblable couronne est pénible à porter, mais Chintu la pose sur sa tête. Sous la piqûre des épines, il comprend que telle est la couronne de la véritable noblesse et revêt la tunique.

Puis, ayant retiré le bandeau de Vivek, il regagne le royaume de Kwab. À son arrivée, tous se réjouissent de voir de nouveau portées la couronne et la tunique qu'ils respectent. Chintu s'empresse de déclarer qu'il les gardera le temps de rendre le royaume à leur princesse. Puis il part sur les chemins de Kwab. Partout, on l'accueille avec joie. Avec l'aide de l'éléphant, il fait rouler le rocher, après quoi il traverse le tunnel pour aller retrouver la princesse et sa servante.

Il les emmène devant le peuple de Kwab, place la couronne sur la tête de la princesse et pose la tunique sur ses épaules. Il promet de revenir un jour et de l'épouser, si elle veut bien de lui. Elle sourit et lui donne un nouveau baiser sur la joue.

Enfin, le petit maître quitte le royaume. En passant près du vieux puits, sur le sentier des Paons, il entend les cris de Zaban le tyran et se demande ce que les gens de Kwab feront de lui. Mais ceci est leur affaire et celle de leur douce souveraine. Peut-être l'abandonneront-ils aux paons qu'il a rendus si cruels.

En rentrant chez lui, Chintu raconte aux villageois ce qu'il a vu. Certains s'émerveillent, d'autres restent incrédules. Mais une fois seul, Chintu sent un poids au fond de sa poche : la clé du coffre royal qui a retrouvé l'éclat de l'or. Il se souvient qu'il s'est rendu dans la Vallée d'Or, revêtu des attributs royaux et qu'il en est ressorti toujours ainsi vêtu. C'est là sans doute que la clé aura repris son apparence initiale.

Certains disent que lorsqu'il sera plus âgé il oubliera le chemin du royaume de Kwab. Mais, dans l'écurie, le cheval noir du vizir attend. Chintu le garde et, un jour, il retournera au royaume de Kwab.

L'INITIATION D'UN SAGE

Souvent un vieil homme vient au bord de la rivière. Il reste assis sous un arbre, sans jamais dire un mot. Certains le disent muet, d'autres, idiot. D'autres encore le tiennent pour fou et souvent le taquinent pour se moquer de lui. Il en souffre mais ne dit jamais rien.

Un jour qu'il se baigne dans la rivière, il manque de se noyer. Heureusement, Vivek arrive à temps avec son maître.

Plus tard, Chintu demande au vieillard pourquoi il ne parle jamais.

Le vieil homme essore sa longue barbe grise et garde le silence.

Chintu insiste. Enfin, l'homme pousse un soupir et murmure d'une voix qui semble depuis longtemps prisonnière des toiles d'araignée :

— De quoi veux-tu que je parle ? avant d'ajouter doucement : Je me suis rendu compte, voilà bien des années, que les hommes ne savent rien de la vie, pas plus de la naissance que de la mort. Pourtant la plupart s'inventent des réponses. Ils se dupent et dupent les autres leur vie durant. J'en suis très affligé et il m'arrive de penser que je suis sans doute la personne la plus triste du monde.

— Peut-être, dit Chintu, devriez-vous consulter un sage ?

L'homme sourit.

— Les sages sont intelligents, voilà tout, grâce à quoi ils énoncent avec plus de clarté les mêmes choses que les autres, ce qui conduit les gens à prendre leur esprit pour une profonde sagesse. Les hommes ont grand besoin de croire. Ils ont peur du noir et dans l'obscurité le sage est une bougie, une lueur sur laquelle ils se précipitent. Mais ce n'est pas suffisant. Puisque tu m'as sauvé de la noyade, souffre que je te raconte comment un homme en vient à passer pour sage aux yeux de ses semblables.

À cet instant précis, un voleur, surgi des taillis, leur ordonne de lui céder tout ce qu'ils possèdent. Le vieil homme fait un clin d'œil à Chintu, puis se tourne vers le voleur.

— Je vous en prie, dérobez-moi la seule chose dont je ne puisse me défaire moi-même.

Le voleur est médusé.

— Si je vole vos vêtements, vous serez nu. Si je vous arrache la vie, vous serez mort. Vous pouvez pourtant vous en débarrasser sans moi.

— Mais je ne puis me défaire du peu de savoir que j'ai, dit le vieil homme.

Le voleur réfléchit un moment et hoche la tête.

— Donnez-moi le savoir que vous avez. Je suis sûr qu'il m'enrichira, et c'est ce que je cherche.

— Moi, je n'en serai pas plus pauvre, dit le vieil homme. Quoi qu'il en soit, asseyez-vous, l'histoire sera longue.

Et le vieil homme se met à parler des merveilles de la vie, de la naissance, de la mort, qui sont restées des mystères pour lui.

Le voleur revient chaque jour l'écouter. Peu à peu, il cesse de voler et le bruit se répand que le vieil homme est un sage. Les gens se réunissent autour de lui pour l'interroger. Ils s'asseyent aux pieds de celui qu'ils appellent le Sage des Forêts, recherchant son avis en toute chose.

— Il me faut entreprendre un long voyage, comment faire ?

— Faites un pas à la fois, répond le Sage.

— Chacun, dites-vous, est bon à quelque chose. Je me sens, quant à moi, si petit, si inutile. Les autres ont une force d'éléphant. Je me fais l'effet d'une araignée. Que peut faire un insecte qu'un éléphant ne saurait accomplir ?

— Retrouver le moindre petit grain de sucre, dit le Sage.

Une femme, connue pour sa terrible médisance, vient le consulter.

— Les gens du village racontent des horreurs dès que j'ai le dos tourné. Ils m'agacent. Que dois-je faire ?

Le Sage répond :

— Quand il veut chasser la mouche qui le harcèle, le chien ne mord que lui-même.

L'homme le plus puissant des environs se présente à son tour.

— Je peux faire cesser tout ce qui se produit sans que je l'aie permis. Un seul ordre, et tous arrêtent de parler, de marcher, de chanter. D'un barrage, je peux bloquer la rivière. Je peux annuler les mariages, les fêtes, les affaires. Est-il au monde une chose qui me résistera ?

— Le temps, répond le Sage.

— Et la mort ? demande un autre. Comment saurai-je ?

— L'expérience, dit le Sage.

Un jour, à un homme riche qui promet de lui offrir tout ce qu'il désirera, le Sage demande les ailes d'un serpent, les pieds d'un poisson, les plumes d'un cochon, l'œuf d'un éléphant, le...

— Assez, assez ! s'écrie l'homme riche. Il semble que mes pouvoirs sont limités.

À quoi le Sage répond d'un sourire en hochant la tête.

Les gens viennent de la ville et du monde entier pour l'écouter. La réputation du Sage grandit.

Un soir qu'ils se retrouvent seuls après une longue journée, le Sage annonce à Chintu qu'il va partir.

— Je vais disparaître sans bruit et aller là où nul ne me connaît. Je suis de nouveau fatigué de ces paroles inutiles.

— Elles ne sont pas inutiles, dit Chintu. Vous avez tant appris à tous ces gens.

— Des sottises, dit le Sage.

— Non, dit Chintu. Je vous dois beaucoup moi aussi.

— Toi ?

— Oui, répond Chintu. Votre exemple m'a montré que la sagesse consiste à trouver la signification du peu que nous savons.

— Dans ce cas, examine ta propre vie et dis-moi les leçons que tu en tires.

Chintu hésite, mais le vieil homme attend.

— La famine est arrivée. Je suis allé chercher de l'eau avec l'éléphant. J'ai appris que la vie compte plus que tout au monde. Puis l'éléphant a été vendu à un homme cruel. Il est devenu fou furieux, pourtant il s'est montré gentil avec un enfant qui l'aimait. J'ai appris qu'après la vie, l'amour compte plus que tout. Puis nous sommes allés dans le royaume de Kwab. J'ai appris une autre leçon importante : il faut faire bon usage du savoir et de la richesse.

— Bien, dit le Sage. Voilà trois stades de ta croissance. Passe maintenant à celui de la sagesse.

Chintu ne sait que dire.

Au bout d'un moment, le Sage reprend la parole.

— Pense au jour où tu es allé chercher de l'eau. L'éléphant qui t'a aidé déracinait les arbres et les halait jusqu'à la scierie. Si les hommes n'avaient pas déraciné les arbres, les pluies n'auraient pas cessé, car les arbres attirent la pluie. Avec des arbres, la terre fertile n'aurait pas été emportée par les eaux ni par le vent. Le pays serait resté opulent. Pas de sécheresse, pas de famine. Tu n'aurais pas eu à chercher d'eau.

Chintu est stupéfait.

— Vous voulez dire que les hommes ont fait mauvais usage de l'éléphant ?

— Non. Car les hommes avaient besoin de bois. Mais ils n'ont pas planté d'autres arbres pour remplacer ceux qu'ils avaient arrachés.

— Mais, dit Chintu, le besoin d'amour, le...

Le Sage sourit.

— Je t'ai montré la voie. Maintenant, à toi de trouver tes réponses. La vie est pleine de questions. Si je cherchais à y répondre pour toi, je serais le seul à grandir.

Le Sage se lève et s'apprête à partir.

— Je me sens tellement bête, dit Chintu.

— C'est le commencement de la sagesse.

Au bout du chemin, le Sage se retourne pour lui faire un signe d'adieu. Chintu se met à crier :

— Attendez ! Attendez-nous !

— Mais je ne sais où je vais, dit le Sage en secouant la tête. Puis il pousse un soupir. Je m'en vais comme je suis venu, sans rien savoir de la vie, pas plus de la naissance que de la mort.

La sagesse ne saurait être un don qui nous est accordé, il nous faut tendre vers elle et la cultiver, se dit le vieil homme. Et en le regardant s'éloigner, Chintu comprend que jamais le sage ne se satisfait de son savoir.

CONTES DU PANCHATANTRA

Les histoires du Panchatantra furent inventées à l'origine par un prêtre vieux et sage, en l'an 200 avant J.-C., pour enseigner à trois jeunes princes indiens, paresseux et gâtés, l'art de vivre. Elles furent transcrites en sanscrit par une main anonyme et ont, depuis, ravi tous leurs lecteurs par leur approche humoristique à la fois directe et subtile.

Les souris et les éléphants

Il était une fois une ville depuis longtemps désertée par les hommes, où les maisons et les temples n'étaient plus que ruines. Et, dans ces ruines, dans les coins et les recoins, vivaient, heureuses, des souris. Elles partageaient leur temps entre fêtes, spectacles, mariages et banquets. Leur vie n'était qu'une longue suite de plaisirs.

Un jour, le roi des éléphants, qui régnait sur plus de mille éléphants, entendit parler d'un lac où l'eau abondait et qui se trouvait non loin des ruines où résidaient les souris. Il décida de s'y rendre, avec ses compagnons, pour qu'ils puissent étancher leur soif tout à loisir. Hélas ! le troupeau, sur son chemin, écrasa les maisons des souris et piétina un grand nombre d'habitantes.

Les souris survivantes se réunirent pour commenter en détail le terrible malheur qui les avait frappées. « Ces maladroits d'éléphants sont en train de nous exterminer. S'ils reprennent encore une fois ce chemin, il ne restera bientôt plus personne pour raconter notre histoire. Il existe un vieux proverbe qui dit : *La patte de l'éléphant et l'haleine du serpent sont mortelles. Les rois peuvent tuer d'un sourire. Les méchants peuvent faire beaucoup de mal en faisant semblant d'être gentils.* Il faut que nous trouvions quelque chose pour que cela ne se reproduise plus », dirent-elles.

Après délibération, quelques-unes d'entre elles se rendirent au lac, s'agenouillèrent humblement devant le roi des éléphants et dirent poliment : « Puissant monarque, non loin d'ici se trouve notre demeure. Cela fait très longtemps que nous autres, souris, vivons là. Nous y sommes merveilleusement heureuses et le monde nous semble beau. Mais si vous et vos amis persistez à traverser notre ville, il ne restera bientôt plus aucune d'entre nous. Nous vous supplions, si votre cœur est bon, d'emprunter un autre chemin. Sans compter que nous pourrions vous être utiles un jour. »

Le roi écouta attentivement la déclaration des souris et décida que les éléphants, à l'avenir, suivraient une autre voie. Peu de temps après, des chasseurs, désireux d'offrir à leur roi quelques éléphants, s'installèrent dans la région.

Ils étalèrent un grand filet de corde, le placèrent au-dessus d'un trou pratiqué dans le sol. Puis ils entourèrent le troupeau d'éléphants et, au bout de trois jours, ils réussirent à capturer le roi des éléphants, ainsi que plusieurs autres. Avec bien des difficultés, ils le hissèrent hors du piège et l'attachèrent à un énorme tronc d'arbre, de sorte qu'il ne pouvait plus bouger.

Lorsque les chasseurs se retirèrent, le roi des éléphants chercha désespérément qui pouvait lui venir en aide. Il pensa alors aux souris. Peut-être seraient-elles capables de faire ce qu'il attendait d'elles. Aussi murmura-t-il à un de ses vieux serviteurs qui avait réussi à échapper au filet : « Va dire aux souris que je suis prisonnier. Demande-leur si elles veulent bien m'aider. »

Le vieux serviteur arriva bientôt dans la cité des souris. Dès qu'elles apprirent la nouvelle, elles se rassemblèrent par milliers et se dirigèrent vers l'endroit où les éléphants étaient prisonniers. Se mettant immédiatement au travail, elles commencèrent à ronger toutes les cordes qui attachaient les pattes des éléphants. Grimpant même dans les arbres, elles réussirent à couper le filet et les éléphants, reconnaissants, retrouvèrent la liberté.

Le daim

❊

Dès l'âge de six mois, j'étais déjà très entreprenant. Je courais toujours devant le troupeau, puis attendais que les autres me rattrapent. Il faut expliquer que nous autres daims, nous avons deux manières de courir. Nous appelons cela le bond et la course. Mais, à cette époque-là, je ne connaissais que la course.

Un jour que je gambadais joyeusement, je me trouvai soudain séparé de mes amis. Cela m'effraya fort, car je ne comprenais pas où ils avaient pu aller. Mais, lorsque je regardai autour de moi, je les aperçus un peu plus loin. Je ne compris pas, cependant, que j'étais bel et bien pris au piège tandis qu'ils y avaient échappé. Et ceci, simplement, parce qu'ils savaient se servir du bond, auquel je ne connaissais rien, moi. Lorsque j'essayai de les rejoindre, je n'y parvins pas et me trouvai si entortillé dans le filet des chasseurs que je m'affalai sur le sol.

L'un des chasseurs s'approcha, il vit alors que je n'étais qu'un faon et ne put se résoudre à me tuer sur-le-champ. Il me prit très doucement dans ses bras et me ramena chez lui. Lorsque j'eus un peu grandi, il m'offrit en cadeau à un jeune prince qui me prit en affection.

Le jeune prince fut si enchanté de me voir qu'il donna au chasseur une belle somme d'argent et s'occupa de moi le plus gracieusement du monde, veillant à ce qu'on me baignât régulièrement, qu'on me frottât avec les parfums les plus suaves et qu'on me donnât à manger ce que je préférais. Les femmes et les courtisans du palais venaient me caresser et me câliner. Pourtant, certains avaient des gestes si brutaux que mes yeux, mes oreilles, mon cou, mes pattes, mes sabots et d'autres parties de mon corps furent bientôt meurtris. Ce traitement eut pour résultat de m'épuiser et de me rendre souvent irritable et de mauvaise humeur. Un jour, un terrible orage éclata. Mon prince, allongé sur un divan, observait les éclairs et écoutait le tonnerre. Je me mis soudain à songer aux miens avec une extrême nostalgie. Sans réfléchir, je soupirai à voix haute :

— Oh ! quand rejoindrai-je mes compagnons ?

Le prince sursauta à mes paroles et, terrifié, s'écria :

— Qui a parlé ?

Il me regarda et conclut rapidement qu'on lui avait jeté un sort parce qu'il avait entendu un daim parler le langage des hommes. Un démon s'était emparé de lui, pensa-t-il. Pris de terreur, il se précipita hors de sa chambre.

Il fit appeler ses sorciers et ses enchanteurs pour qu'ils le délivrent de ce démon, leur promettant puissance et richesse s'ils y parvenaient. Et les courtisans, qui autrefois s'étaient montrés si gentils à mon égard, se mirent à me bourrer de coups, à me frapper avec des bâtons et à me jeter des pierres. Je serais mort sur-le-champ si un saint homme qui passait par là ne leur avait ordonné de cesser immédiatement. Lui savait pourquoi j'avais pensé aux miens lors du violent orage et il supplia le prince d'oublier sa terreur.

Le prince fut aussitôt réconforté et guéri de sa déraison. S'adressant gentiment à ses courtisans, il dit : « Prenez ce daim, lavez-lui bien la tête avec de l'eau et laissez-le aller. »

Ce qu'ils firent. Je m'enfuis aussitôt en bondissant et me retrouvai très vite dans ma forêt natale.

Bon-Gré et Mal-Gré

Bon-Gré et Mal-Gré, chacun fils de marchand, étaient de solides amis. Ils décidèrent un jour de s'en aller chercher fortune. Bon-Gré eut la main heureuse : il découvrit un pot, caché depuis des années par un avare, qui contenait mille pièces d'or. Naturellement, il fit part de sa découverte à Mal-Gré et, après quelques discussions, ils tombèrent d'accord pour rentrer chez eux avec le trésor. Car ils avaient de fait trouvé leur fortune.

Lorsqu'ils arrivèrent aux portes de la ville, Bon-Gré dit à son ami :

— La moitié de ce trésor t'appartient. Prends ce qui te revient et montrons à tous de quoi nous sommes capables.

Mais Mal-Gré, cupide et égoïste qu'il était, répondit sournoisement :

— Puisque nous sommes si bon amis, partageons l'argent comme ceci. Prenons chacun cent pièces maintenant et enterrons le reste. Ce secret partagé sera une preuve de plus de notre amitié.

Bon-Gré, dont le caractère était aussi accommodant que son nom l'indiquait, accepta immédiatement. Il ne lui vint pas à l'esprit que son ami pût être malhonnête. Ils prirent donc chacun cent pièces d'or, enterrèrent le reste au pied d'un arbre et entrèrent dans la ville.

Mal-Gré gaspilla très vite son argent en plaisirs futiles et n'en eut bientôt plus. Il alla alors trouver Bon-Gré et le persuada de déterrer cent autres pièces d'or. Mais, comme la première fois, Mal-Gré dépensa tout son argent en moins d'une année. Alors, le rusé Mal-Gré réfléchit : « Si nous prenons encore cent pièces d'or chacun, se dit-il, il n'en restera plus que quatre cents. Et que peut-on faire avec une somme aussi misérable, même si je la vole ? Il vaut mieux que je m'empare des six cents pièces d'or qui restent. »

Il alla seul à l'endroit où l'or était caché, creusa, prit l'argent et reboucha le trou de manière à ce qu'on ne s'aperçoive de rien. Au bout d'un mois, il alla trouver Bon-Gré et lui dit :

— Très cher ami, j'aimerais que nous partagions le reste de l'or entre nous.

Ils se rendirent donc tous les deux à la cachette et se mirent à creuser. Naturellement, ils ne trouvèrent rien. C'est alors que le perfide Mal-Gré, se tapant la tête contre le pot vide, gémit :

— Cet or n'a pas pu s'envoler ! Bon-Gré, je suis certain que c'est toi qui l'as pris. Je veux ma part. Et si tu ne me la donnes pas, j'irai porter l'affaire devant les magistrats.

— Comment ! Scélérat ! Que veux-tu dire ? Je ne sais rien de ce maudit trésor ! Je ne suis pas un voleur ! s'écria Bon-Gré.

Après s'être violemment disputés, ils décidèrent de mettre l'affaire entre les mains des magistrats. Ceux-ci ordonnèrent que chacun d'entre eux soit jugé.

— Voyons, ce n'est pas juste, protesta Mal-Gré, j'ai un témoin, une déesse des bois, qui prouvera bientôt mon innocence.

Les magistrats acceptèrent :

— Nous sommes prêts à écouter ton témoin, puisque c'est une déesse des bois, dirent-ils. Le cas nous intéresse énormément. Venez tous les deux demain matin au tribunal, nous irons ensemble dans la forêt et là, nous rendrons notre jugement.

Lorsque les deux plaignants eurent payé ce qu'ils devaient aux juges, ils rentrèrent chez eux.

Mal-Gré appela son père et lui dit :

— Père, je dois te confesser que c'est moi qui ai pris l'argent. J'ai besoin de ton aide. Je voudrais que tu ailles te cacher ce soir dans un arbre creux, non loin de l'endroit où nous avions enterré le trésor. Et demain matin, quand je comparaîtrai devant les juges, tu joueras le rôle de la déesse des bois.

Mais le père de Mal-Gré trouvait cela fort désagréable :

— Mon fils, marmonna-t-il, cette idée ne me semble pas bonne du tout. Je crois plutôt que nous sommes perdus. Pèse bien s'il est vraiment dans ton intérêt de faire ce que tu proposes.

Le perfide Mal-Gré ne voulut pas écouter son père et l'obligea, la nuit tombée, à se cacher dans l'arbre creux. Le matin suivant, le coquin prit un bain, revêtit des habits propres et, accompagné de Bon-Gré et des magistrats, se rendit dans la forêt. Dès qu'il s'approcha de l'arbre, il offrit des prières au Soleil et à la Lune, au Ciel et à la Terre, à l'Aube et au Crépuscule. Puis il s'écria d'une voix forte :

— Dis-nous, ô déesse, lequel d'entre nous est le voleur ? Je t'implore de parler.

Et la voix de son père sortit de l'arbre :

— J'affirme que Bon-Gré est le voleur.

Lorsque les juges et leurs assesseurs entendirent ces paroles, ils furent saisis d'étonnement. Il leur fallait à présent décider de la punition du coupable. Mais, tandis qu'ils délibéraient, Bon-Gré rassembla au pied de l'arbre une pile de bois et d'herbes sèches à laquelle il mit le feu, car il avait reconnu la voix du père de Mal-Gré. L'arbre s'enflamma et le père de Mal-Gré, poussant un cri déchirant, car il était fort brûlé, sortit précipitamment de sa cachette, les yeux exorbités.

— Qu'est-ce que cela veut dire ? s'exclamèrent les magistrats.

— Pauvre de moi ! répondit la fausse déesse des bois, tout cela est de la faute de mon fils. C'est lui qui m'a obligé à tenir ce rôle.

On se saisit aussitôt de Mal-Gré et on le pendit à l'une des branches de ce même arbre creux. Tout le monde fit l'éloge de Bon-Gré et on raconta partout quel honnête homme il était. Bon-Gré reçut de nombreux présents et le roi l'invita même à la cour.

Le voleur d'oignons

U n voleur fut, un jour, surpris en train de chaparder des oignons. Un policier lui lia les mains et le traîna devant le juge qui, lorsqu'il eut entendu toute l'histoire, dit au voleur :

— Voilà, je te donne à choisir entre payer une amende de cent roupies, recevoir cent coups de fouet ou manger cent oignons. Sinon, tu iras en prison.

Le sot répondit :

— Je choisis de manger les oignons.

Et il se mit à la tâche. Quand il en eut mangé sept ou huit bottes, les larmes coulaient tant de ses yeux, de sa bouche et de son nez qu'il s'écria :

— Je ne pourrai jamais manger cent oignons. Ils sont trop amers et piquants. Je ne peux non plus payer les cent roupies. Il faudra donc que j'endure les cent coups de fouet.

Mais à peine les premiers coups reçus, il hurla :

— Assez ! Assez ! Je ne peux en supporter plus. Au secours ! Au secours ! Je paierai les cent roupies et les intérêts avec !

Tout le monde se moqua de lui parce qu'il s'était montré si bête. Non seulement il s'était brûlé la bouche avec les oignons et avait reçu une bonne correction, mais encore il devait payer l'amende.

La corneille et le serpent

Un couple de corneilles avait établi son nid dans un grand figuier banian et s'était fait un confortable logis. Mais un jour, un serpent noir, s'étant faufilé par un trou dans le tronc, dévora les oisillons avant même que les œufs soient éclos. Monsieur et madame Corneille versèrent des larmes amères sur leurs enfants mais se refusèrent à quitter l'arbre qui leur était si familier pour aller s'installer dans un autre. Comme le dit un vieux proverbe : *Les hommes braves, les lions et les éléphants abandonnent volontiers leur maison, mais les corneilles, les daims et les coquins ne le font jamais.*

Un jour, cependant, madame Corneille, s'agenouillant aux pieds de son mari, lui dit tristement :

— Cher époux, nombre de mes bébés ont disparu, gobés par cet horrible serpent. Je les pleure tous. Je veux partir d'ici à l'instant même. Je te supplie de nous trouver un abri dans un autre arbre. Ici, nous n'aurons plus jamais la paix. Le danger nous guettera toujours.

À ces paroles, monsieur Corneille se sentit très malheureux et fit de son mieux pour la réconforter :

— Chère femme, nous vivons dans cet arbre depuis si longtemps que nous ne pouvons le quitter maintenant. Sois patiente, je te prie. Je vais trouver un moyen pour nous débarrasser de ce cruel ennemi.

— Mais, insista-t-elle, ce serpent est très venimeux. Comment vas-tu t'y prendre pour le tuer ?

Il répondit :

— Il est vrai que je ne pourrai le faire seul, mais j'ai de bons amis qui m'aideront. Un peu de patience et je te promets que tu n'entendras plus jamais parler de ce scélérat.

Et ayant ainsi parlé, il s'envola pour aller consulter un de ses vieux amis, un chacal, qui vivait dans le sous-bois, au pied d'un autre arbre. Monsieur Corneille raconta au chacal la triste histoire, puis lui demanda :

— Peux-tu m'aider ? Si cette tuerie se prolonge, nous en mourrons, ma femme et moi.

— Mon cher ami, répondit le chacal, riant déjà sous cape, ne t'inquiète plus. J'ai un plan. Ce meurtrier sera puni comme il se doit.

— Mais comment faire ? s'enquit la corneille.

— Ecoute-moi bien, répliqua le chacal. Trouve un endroit où vivent des gens riches. Observe-les bien. Et, quand personne ne regardera, saisis-toi d'une chaîne en or ou d'un collier et emporte-le. Cache le bijou dans l'arbre creux où s'est installé le serpent. Lorsqu'on le retrouvera, on mettra le vol sur le compte du serpent et on le tuera.

Peu de temps après cette conversation, monsieur et madame Corneille se mirent en quête. Madame Corneille aperçut vite un étang dans lequel s'ébattaient quelques dames de la cour, qui avaient laissé bijoux et vêtements sur la berge. Madame Corneille descendit aussitôt à tire-d'aile, s'empara d'une des chaînes en or et s'envola vers le banian creux. Quand le grand chambellan et les serviteurs virent qu'un bijou manquait, ils saisirent leurs bâtons et se mirent à la recherche du voleur.

Comme on le lui avait dit, madame Corneille laissa tomber la chaîne dans l'arbre creux où somnolait le serpent noir et attendit tranquillement la suite des événements.

Bientôt les hommes du palais arrivèrent sur les lieux et grimpèrent dans l'arbre pour voir si la chaîne ne s'y trouvait pas. Et, naturellement, ils la découvrirent à côté du serpent douillettement lové. Sans tarder, les hommes tuèrent le serpent, reprirent la chaîne et la rapportèrent à la dame qui l'avait perdue.

Et c'est ainsi que monsieur et madame Corneille vécurent paisiblement le reste de leurs jours dans le grand banian creux. Ils élevèrent leurs petits sans crainte au cœur et se montrèrent toujours reconnaissants envers le chacal qui avait eu une si brillante idée.

La souris et le moine

Dans le Sud, s'élève une ville appelée Bonheur-des-Demoiselles. Et près de cette ville se dresse un temple. Et dans ce temple, se trouve une cellule. Et dans cette cellule, vit un moine surnommé Poil-aux-Oreilles. Tous les jours, lorsqu'il était l'heure pour lui d'aller mendier, il prenait son bol et parcourait les rues de la ville. Et tous les soirs, il rentrait au temple, le bol rempli de bonnes choses à manger, qu'il adoucissait avec du sucre et de la mélasse, et parfumait de grains de grenade. Lorsqu'il avait mangé autant que le lui permettait la règle du temple, il laissait le reste dans le bol à l'intention de ses serviteurs et l'accrochait à une cheville en bois pour qu'ils le trouvent le lendemain matin.

Mais, pendant la nuit, mes amies et moi-même prenions plaisir à voler cette délicieuse nourriture. Poil-aux-Oreilles faisait vraiment de son mieux pour cacher le bol mais je découvrais toujours l'endroit où il le plaçait. Il en était, évidemment, très énervé, parce qu'il lui fallait déplacer le bol d'un endroit à l'autre pour brouiller les pistes. Mais, même s'il l'accrochait très haut, je parvenais à l'atteindre et mangeais tout mon content.

Un jour, un autre moine, appelé Grosses-Fesses, vint rendre visite à Poil-aux-Oreilles, qui le reçut très poliment et l'installa confortablement. La nuit, les deux moines partageaient la même couche et échangeaient leurs vues sur les règles monastiques. Mais Poil-aux-Oreilles n'avait qu'une idée en tête : trouver un moyen pour nous empêcher de voler sa pitance. Et, tandis que Grosses-Fesses discourait, Poil-aux-Oreilles, préoccupé, lâchait à peine un mot ou deux et tapotait nerveusement le fameux bol avec une vieille canne en bambou.

Cela exaspérait Grosses-Fesses qui explosa soudain :

— Écoute un peu, Poil-aux-Oreilles, je vois bien que tu ne fais pas grand cas de moi. Tu ne prends même pas la peine de me répondre. Quand je viens rendre visite à un ami, surtout un très vieil ami, je m'attends à être bien traité. Je m'attends à être salué par des paroles aimables, comme : « Entre donc, mon ami. Assieds-toi sur ce siège. Cela fait si longtemps que nous ne nous sommes vus. Que deviens-tu ? Sache que cette maison est la tienne. Je suis enchanté de te voir. » Si un ami est reçu de cette façon, il a lieu de se réjouir. Mais si le maître de maison contemple d'un air distrait le ciel ou ses pieds, je considère que c'est un bien piètre ami, un dégénéré, un taureau sans cornes. Tu sembles bien fier de posséder ta propre cellule, Poil-aux-Oreilles. En vérité, tu es prétentieux. Et tu devrais en éprouver honte et regret.

À ces paroles, Poil-aux-Oreilles s'alarma et dit :

— Voyons, honorable ami, ne parle pas comme ça. Tu me fais de la peine. Tu es la personne que je respecte le plus au monde. Laisse-moi te dire ce qui m'empêche d'avoir l'esprit libre. Il y a une vilaine petite souris dans cette cellule qui ne cesse de voler la nourriture que je laisse dans ce bol pour mes serviteurs. Même quand je l'accroche très haut à cette cheville de bois, elle parvient à l'atteindre. Et ainsi, mes serviteurs n'ont jamais de quoi déjeuner et ne veulent plus travailler. Si je frappe sur le bol avec ma canne, c'est pour effrayer cette souris. Il n'y a pas d'autre explication à mon impolitesse. En outre, il me faut ajouter que cette souris saute plus haut qu'un chat, un singe ou n'importe quelle autre créature.

Lorsque Poil-aux-Oreilles eut terminé sa triste histoire, Grosses-Fesses lui dit :

— Où se trouve le trou de cette souris ?

— Je n'en sais rien, honorable ami, répondit Poil-aux-Oreilles.

— Je suis certain, poursuivit Grosses-Fesses, que le trou doit se trouver très près de l'endroit où elle entasse la nourriture volée. Elle semble habile et doit être très leste. À quel moment de la nuit vient-elle ?

— Cela, je le sais bien, dit Poil-aux-Oreilles, parce qu'elle amène aussi toutes ses amies.

Grosses-Fesses dit alors :

— As-tu une pelle ou un instrument de ce genre ?

— Bien sûr, répondit Poil-aux-Oreilles, j'ai une petite pelle en fer.

— Bon, nous nous lèverons très tôt demain matin pour relever les empreintes de cette maudite souris et nous les suivrons, dit Grosses-Fesses.

J'avais écouté sans faire de bruit tout ce que disaient les moines. Je fus grandement surprise de leurs projets. Le jeu allait peut-être se terminer. Ils avaient compris que j'avais amassé des provisions et que ma maison devait en être proche. Mes amies et moi-même cherchâmes donc une autre voie d'accès et il fut décidé d'abandonner l'ancienne piste.

Mais hélas, nous fûmes repérées par un monstrueux chat qui nous attaqua sauvagement et réussit à attraper celles d'entre nous qui n'avaient pu se sauver à temps. Et que croyez-vous qu'il arriva ? Mes compagnes se réunirent et me blâmèrent de l'accident. Elles décidèrent aussitôt de reprendre l'ancienne piste. Mais certaines souris avaient été méchamment blessées par le chat, de sorte que Grosses-Fesses remarqua vite de petites taches de sang par terre et les suivit jusqu'au trou. Prenant alors la pelle, il se mit à creuser le sol et découvrit la nourriture volée que j'avais entassée en dessous de mes pénates.

Grosses-Fesses se mit à rire bruyamment devant sa découverte et déclara :

— Mon cher Poil-aux-Oreilles, tu peux désormais dormir tranquille. Ton sommeil ne sera plus troublé. Nous allons supprimer la cause de tes insomnies.

Et il s'empara de toutes mes provisions. Puis les moines rentrèrent dans leur cellule.

Lorsque je rentrai chez moi et découvris le malheur qui me frappait, je me lamentai et gémis : « Pauvre de moi, que vais-je faire maintenant ? Où puis-je aller ? Plus jamais je ne serai en sécurité ! »

Et je me traînai misérablement le reste de la journée.

Au crépuscule, le cœur lourd, je me rendis quand même, avec quelques amies, dans la cellule de Poil-aux-Oreilles. Dès qu'il nous entendit trotter, il se mit à taper sur son bol avec sa canne en bambou et Grosses-Fesses se moqua de lui :

— Bonté divine, tu ne vas pas me dire que tu ne peux pas dormir maintenant !

Poil-aux-Oreilles répondit :

— Cette souris de malheur est revenue, honorable ami, avec toute sa clique. Je fais de mon mieux pour les effrayer.

À cela, son compagnon répliqua :

— À ta place, je ne me ferais pas de souci. Maintenant que ses provisions se sont envolées, elle n'essaiera plus de sauter dans ton bol. C'est toujours comme ça avec ce genre de bestiole.

J'étais folle furieuse d'entendre cela ! Si furieuse même que, rassemblant mes forces, je bondis sur le bol. Mais, hélas ! je ne parvins pas à l'atteindre et retombai sur le sol. Sur quoi, Grosses-Fesses s'écria :

— Regardez-moi ça ! Regardez cette souris ! Elle ne possède plus rien. Ce n'est plus qu'une souris absolument comme les autres.

Je savais qu'il disait vrai. Et je n'avais plus assez de forces pour sauter encore. Comme j'aurais voulu ne pas être si pauvre !

Mais, pendant que j'essayais de me consoler, je remarquai que Poil-aux-Oreilles, ayant placé la nourriture dans un sac, était en train de s'en faire une sorte d'oreiller. Comprenant que je ne pouvais plus rien faire, je revins, penaude, à mon trou. L'aube approchait et j'étais complètement épuisée.

Le lendemain, je surpris mes amies en train de parler de moi.

— Cette souris n'a plus d'intérêt, grommelaient-elles, elle ne peut plus nous nourrir et c'est par sa faute que le chat nous a attaquées. Laissons-la se débrouiller toute seule.

Aussitôt dit, aussitôt fait. Et parce que je ne leur rapportais plus rien, mes amies m'abandonnèrent.

Je réfléchis longuement à ce qui m'était arrivé. J'étais très malheureuse d'être devenue si pauvre. Je réalisais quand même que la richesse ne servait à rien si elle ne provoquait que des malheurs. Devais-je aller vivre dans la forêt ? Comment allais-je me nourrir ? Je décidai qu'il n'était pas question de mendier. Quant au vol, je ne pouvais plus en supporter l'idée. Je n'avais pas non plus envie de vivre de ce qu'on me donnerait par gentillesse. Non, aucune de ces solutions ne me satisfaisait.

Je choisis, en fin de compte, d'essayer de reprendre ce que Grosses-Fesses m'avait volé et qui se trouvait à présent dans l'oreiller. Je n'avais rien à gagner à me montrer timide. Si bien que la même nuit, pendant que Poil-aux-Oreilles était profondément endormi, je m'introduisis dans sa cellule avec une grande détermination et me mis à ronger le sac. Mais il se réveilla en sursaut, saisit sa canne de bambou et m'en frappa. Il m'érafla la tête sérieusement et je m'échappai de justesse. Je dois dire que cela me guérit à jamais de vouloir accéder à la richesse. Je ne tentai plus de récupérer mon trésor ni d'en amasser un autre.

Je restai simplement chez moi, me nourrissant de ce que je pouvais glaner ici et là.

Le Héron et le Crabe

U n héron vivait au bord d'un étang. Comme la vieillesse le gagnait, il avait de plus en plus de mal à trouver sa nourriture. Il se postait sur la berge mais, bien qu'il pût voir très clairement les poissons nager dans l'eau, il n'essayait même plus d'en attraper un.

Curieusement, un crabe vivait aussi dans cet étang parmi les poissons et un jour, s'approchant du héron, il s'enquit :

— Oncle, pourquoi ne pêches-tu pas aujourd'hui et pourquoi as-tu l'air si triste ?

Le héron lui répondit d'un ton lugubre :

— Avant, il m'était facile d'attraper des poissons et je les mangeais avec plaisir. À présent, je suis vieux et j'ai bien du mal à pêcher. Mais sais-tu le grand malheur qui vous guette ?

— Quel est ce grand malheur, oncle ? demanda le crabe.

— Eh bien, expliqua le héron, il se trouve que j'ai surpris la conversation d'un groupe de pêcheurs. Ils disaient que demain ou le jour suivant, ils viendraient pêcher dans cet étang. Aujourd'hui, ils lancent leurs filets dans le lac qui se trouve près de la ville. Mais s'ils viennent ici, il n'y aura bientôt plus de poissons dans cet étang. Je mourrai et toi aussi. J'en suis si bouleversé que j'en ai l'appétit coupé aujourd'hui.

Lorsque les poissons entendirent les mensonges du héron, ils furent très effrayés. Aussi, pensant à leur avenir, ils s'approchèrent de lui et dirent :

— Oncle ! Père ! Frère ! Ami ! Nous honorons ta sagesse. Si tu sais le grand malheur qui va nous frapper, tu dois également savoir comment y remédier. Nous t'implorons de nous sauver.

Le héron répondit :

— Soyez assez aimables pour vous rappeler que je suis un oiseau. Je ne peux espérer être capable de défendre qui que ce soit, ni vous ni moi-même, contre ces pêcheurs. La seule chose, peut-être, que je puisse faire, c'est de vous transporter dans un autre étang plus profond.

Sans comprendre la ruse du héron, les poissons le supplièrent de faire ce qu'il proposait.

— Oncle ! Ami ! Noble créature ! s'écrièrent-ils tous les uns après les autres. Emporte-moi d'abord. Prends-moi le premier.

Ce vieux coquin de héron ricana dans sa barbe : « Comme je suis malin ! Je tiens à présent tous ces stupides poissons en mon pouvoir. Quel magnifique dîner je vais faire ! »

Il accepta avec empressement ce que les poissons lui demandaient et les emporta un par un dans son bec jusqu'au sommet d'un grand rocher plat. Et là, il les avala calmement. Tous les jours, il se livrait à ce manège, trompant les poissons avec de fausses promesses.

Le crabe, lui aussi, commençait à avoir peur et demanda au héron de le transporter dans cet autre étang.

— Oncle, dit-il, ne m'oublie pas.

Le héron fit semblant de réfléchir. En fait, il se disait : « J'en ai un peu assez de manger du poisson. J'aimerais savoir quel goût a le crabe. Cela me changerait et il paraît que c'est un mets d'une grande délicatesse. »

Il prit donc le crabe dans son bec et s'envola avec lui.

Mais le pauvre crabe ne manqua pas de remarquer que le héron évitait soigneusement tous les étangs. Alors que ce dernier allait se poser sur le grand rocher plat chauffé par le soleil, le crabe murmura :

— Oncle, où se trouve donc cet étang dont tu parlais ?

Le héron sourit et dit :

— Vois-tu ce rocher là-bas ? C'est là que j'ai emporté tous les poissons. Ils y sont en sécurité. Et dans quelques instants, tu vas les rejoindre.

Le crabe jeta un coup d'œil sur le rocher et vit, à sa grande horreur, qu'il était jonché d'arêtes de poissons. Il comprit trop tard qu'il avait été trompé. « Hélas ! gémit-il, ce soi-disant ami est en réalité un cruel ennemi. Il a mangé tous les poissons qu'il a emportés, je peux voir leurs squelettes. Ce sera bientôt mon tour. Que puis-je faire ? Il n'y a pas de temps à perdre. J'ai trouvé ! Avant que je ne m'écrase sur ce rocher, je vais lui couper le cou avec mes pinces. »

Lorsque le héron comprit l'intention du crabe, il essaya de s'en débarrasser. Mais il n'était pas très malin et, malgré tous ses efforts, il ne parvint pas à se libérer de son étreinte. Bientôt les pinces entamèrent la chair, puis, soudain, la tête du héron se sépara de son corps.

Après s'être reposé un moment, le crabe se mit en route pour retrouver son étang natal, tirant la tête du héron derrière lui, telle une fleur de lotus.

Lorsque les poissons le virent, ils s'écrièrent :

— Oncle crabe, comment se fait-il que tu sois là ? Pourquoi es-tu revenu ?

Le crabe leur montra la tête du héron et dit triomphalement :

— Voyez, mes amis, il nous a trompés. Savez-vous ce qui est arrivé en réalité à vos frères ? Il les a emportés sur un grand rocher plat chauffé par le soleil et il les a tous mangés. Lorsque j'ai découvert son crime, j'ai attrapé le coquin par le cou et je lui ai coupé la tête. Et je vous l'ai apportée pour que vous la voyiez de vos yeux. Il n'y a plus d'inquiétude à avoir maintenant. Nous pouvons vivre ici, dans notre cher étang, pour toujours, à l'abri et en paix.

— Je vous promets, dit-elle, que je ne prononcerai pas un seul mot durant tout le voyage.

Finalement, les oies acceptèrent cet arrangement. Mais lorsque les gens de la région aperçurent la tortue, portée maladroitement par les deux oies, au-dessus de leurs têtes, ils s'écrièrent :

— Regardez ! Regardez ce drôle d'attelage volant !

Et ils s'interpellaient devant l'étrange spectacle.

Lorsque la tortue entendit les cris et les exclamations des gens, elle oublia sa promesse et ouvrit la bouche pour dire :

— De quoi s'étonnent ces gens stupides !

Hélas ! à peine avait-elle eu le temps de prononcer ces mots que la tortue écervelée se sentit tomber. Elle s'écrasa sur le sol et mourut sur le coup. Les habitants de la ville sortirent alors leurs couteaux pour dépecer l'infortunée créature, car c'étaient de grands amateurs de chair de tortue.

Le singe et le crocodile

Un grand arbre s'élevait au bord de la mer. Tout au long de l'année, il donnait des fruits, appelés pommes-roses. Un singe, nommé Joues-Rouges, y avait fait sa maison.

Un jour, un crocodile, du nom de Tête-Dure, sortit de l'eau et vint se reposer sur le sable au pied de l'arbre. Lorsque Joues-Rouges l'aperçut, il lui dit :

— Bienvenue à toi. Veux-tu goûter à ces pommes-roses ? Elles sont douces comme le miel.

Et il lança quelques fruits au crocodile qui les mangea avec grand plaisir. Ils prirent l'habitude de se retrouver tous les jours et de bavarder à l'ombre de l'arbre.

Quelquefois, le crocodile rapportait à sa femme quelques fruits qu'il n'avait pas mangés.

— Cher époux, demanda-t-elle un jour, où trouves-tu ces merveilleux fruits ? Ils ont le goût du miel.

— Oh ! répondit son mari, c'est un très bon ami, un singe appelé Joues-Rouges qui me les donne.

Sa femme remarqua :

— Eh bien, s'il mange ces merveilleuses pommes-roses tous les jours, son cœur doit être maintenant aussi suave que le miel. Si tu m'aimes vraiment, tu dois me rapporter son cœur, car, en le mangeant, je ne vieillirai ni ne mourrai jamais. Je serai pour toujours ta femme aimante.

Le crocodile fut, évidemment, bouleversé par ces paroles.

— Oh non, ma chère femme ! s'écria-t-il. Je ne peux pas faire cela ! Comment pourrais-je tuer le doux ami qui me donne ces fruits ? Ce n'est pas bien de ta part de me demander une chose pareille.

Mais madame Crocodile insista :

— Tu ne m'as jamais rien refusé jusqu'à présent. Je commence à croire que cet ami est plutôt une amie et que tu es amoureux d'elle. Je comprends maintenant pourquoi tu passes tant de temps avec elle sous cet arbre, et pourquoi tu refuses de me donner ce que je veux. Et si c'est vraiment un mâle, il n'y a pas de raison que tu l'aimes tant. J'en ai assez dit. Si tu ne m'apportes pas ce cœur à manger, je me laisserai mourir de faim.

Tête-Dure vit combien elle était décidée et marmonna pour lui : « Mon Dieu, mon Dieu, que vais-je faire ? Comment puis-je tuer mon ami ? C'est un véritable frère pour moi. » Puis, ayant longuement réfléchi au problème, il se rendit sous l'arbre.

Lorsque Joues-Rouges le vit si triste, il lui demanda :

— Que se passe-t-il, mon ami ? Tu n'es pas comme d'habitude, aujourd'hui. Tu ne me fais pas rire, comme tu sais si bien le faire.

— Je vais t'en dire la raison, dit le crocodile. Ma femme m'a fait une scène ce matin. Elle m'a traité d'ingrat, m'a affirmé qu'elle ne voulait plus me voir. Elle m'accuse de vivre à tes dépens et de ne jamais t'inviter à la maison. Elle veut que tu viennes pour qu'elle puisse te remercier de ta gentillesse à mon égard. Je serais arrivé plus tôt si elle ne m'avait retenu avec ses reproches. Alors, veux-tu venir chez nous, de grâce ? Il y a devant la maison un charmant petit porche et ma femme s'est parée de ses plus beaux atours pour te recevoir.

Joues-Rouges répondit :

— C'est très gentil de sa part. Mais les singes vivent dans les arbres et les crocodiles dans l'eau.

Comment pourrais-je venir chez toi ? Amène plutôt ta chère femme ici, elle pourra me remercier du pied de l'arbre.

Mais Tête-Dure insista :

— Il y a un magnifique banc de sable devant chez nous, non loin du rivage. Saute sur mon dos et je te mènerai là-bas en un rien de temps.

Le singe se montra ravi de cette idée :

— Eh bien, alors, dit-il, allons-y de ce pas. Qu'attendons-nous ? Je suis déjà sur ton dos.

Et ils s'en allèrent. Mais Tête-Dure fendait si rapidement les eaux profondes que Joues-Rouges s'effraya et cria :

— Pas si vite ! Pas si vite ! Je suis trempé jusqu'aux os. Je vais bientôt tomber de ton dos.

Le crocodile pensait : « S'il tombe, il se noiera. L'eau est très profonde. Je l'ai en mon pouvoir. Je vais lui dire ce que j'ai l'intention de faire, puis je lui laisserai le temps de faire ses prières. » Et il dit au singe :

— Mon ami, en vérité, je t'ai amené ici dans le but de te tuer. C'est, en fait, le réel désir de ma femme. Alors, dépêche-toi de dire tes prières.

— Pourquoi ? dit le singe. Pourquoi veux-tu me tuer ? Je ne t'ai jamais fait de mal, ni à toi ni à elle.

— Eh bien, expliqua le crocodile, ma femme croit que ton cœur doit être aussi suave que ces fruits que tu me donnes. Elle veut manger ton cœur. Voilà la raison.

À ces mots, le singe, malin, rétorqua :

— Pourquoi ne pas me l'avoir dit avant ? J'aurais alors apporté mon cœur avec moi. Mais vois-tu, je l'ai laissé chez moi, dans un creux de l'arbre. Je le cache toujours là. Il semble que tu m'aies amené ici pour rien. Ta femme va être déçue. Rentrons le chercher.

Le crocodile, très heureux de cette réponse, gloussa :

— Quelle bonne idée ! Je vais te ramener à l'arbre et tu me donneras ce cœur si suave pour ma malheureuse femme, qui le mangera et cessera de jeûner.

Il fit donc demi-tour et revint vers l'arbre. Mais, dès qu'il atteignit la terre ferme, Joues-Rouges, d'un bond, sauta de son dos et grimpa dans l'arbre.

Lorsqu'il fut à l'abri, il se dit : « Hourra ! Il s'en est fallu de peu ! C'est comme si je renaissais ! »

Mais le crocodile leva la tête et grogna :

— Eh bien, que fais-tu ? Dépêche-toi de me donner ce cœur pour que ma femme le mange et ne se laisse plus mourir de faim.

Le singe éclata de rire et lui dit :

— Idiot ! Traître ! As-tu jamais entendu dire qu'on possède deux cœurs ? Va-t'en et ne reviens jamais ici.

Le crocodile se dit tout bas : « Quel idiot j'ai été, en effet, de lui dire que j'allais le tuer ! Essayons de le persuader une nouvelle fois. » Et tout haut il dit au singe :

— Ma femme ne voulait pas ton cœur. Je n'ai dit cela que pour voir si tu avais peur. Mais, en revanche, il est bien vrai qu'elle veut faire ta connaissance.

Le singe ne voulut rien entendre de ce discours.

— Veux-tu t'en aller, coquin ! répliqua-t-il. Tu voulais me tuer simplement pour faire plaisir à ta femme. Mais tu t'es trahi en voulant me jouer un tour. Le fait est que tu ne dis la vérité que lorsque tu tiens ta langue et ne dis mot.

Leur conversation fut interrompue par un poisson qui, toutes nageoires déployées, vint dire au crocodile :

— Mon ami, ta femme s'est laissée mourir de faim.

Tête-Dure se mit à pleurer et gémit :

— Mes enfants, à présent, n'ont plus de mère. Je n'ai plus d'épouse. Ma maison est vide. Je n'ai plus qu'à me laisser mourir à mon tour.

Mais Joues-Rouges se moqua de lui :

— Imbécile ! Je savais bien que ta femme te menait par le bout du nez. Tu devrais être content qu'elle soit morte. Si j'avais une femme comme la tienne et qu'elle vienne à mourir, je donnerais plutôt une grande fête.

C'est alors qu'un second poisson arriva aussi vite que le premier et murmura au crocodile :

— Je suis désolé de vous apprendre, monsieur, qu'un énorme crocodile vit maintenant dans votre maison.

Cette nouvelle inquiéta fort le crocodile, qui demanda conseil au singe.

— Mon ami, dit-il d'un ton lugubre, la malchance continue à me poursuivre. Que dois-je faire ? Me battre avec ce crocodile ou essayer de le corrompre pour qu'il quitte ma maison ?

— Ne compte pas sur moi pour t'aider, dit Joues-Rouges, je n'ai pas oublié ce que tu voulais me faire.

— Je reconnais que j'ai voulu te faire du mal, répondit tristement Tête-Dure, mais, de grâce, pardonne-moi et donne-moi un bon conseil. Le proverbe dit bien qu'il faut rendre le bien pour le mal.

Le singe réfléchit un moment, puis dit :

— Si j'étais toi, je rentrerais chez moi et je le combattrais. Je le jetterais hors de ma maison. Tu ne t'en débarrasseras jamais si tu ne réagis pas tout de suite. C'est la seule chose à faire.

Le crocodile remercia le singe, lui dit au revoir et rentra chez lui. Lorsqu'il arriva, rassemblant tout son courage, il livra bataille à l'énorme intrus et, finalement, réussit à le tuer. Ayant récupéré sa maison, il y vécut fort longtemps et très heureux.

Le chacal bleu

Un chacal, nommé Cri-Sauvage, habitait une tanière non loin de la ville. Un jour, en quête de nourriture, car il avait très faim, il se retrouva à la nuit tombante dans la ville. Des chiens féroces l'attaquèrent et le menacèrent de leurs crocs acérés. Il s'échappa, mort de peur devant leurs terribles aboiements, et arriva en clopinant dans la maison d'un teinturier. Ne sachant où se cacher, il sauta la tête la première dans une jarre remplie d'indigo.

Lorsque les chiens, lassés, s'en allèrent, il se faufila hors de la maison et retourna dans la forêt. Les autres animaux, voyant qu'il était tout bleu, s'écrièrent : « Qu'est-ce que cette créature ? Nous n'avons jamais vu un animal de cette couleur. »

Et, effrayés, ils s'enfuirent à son approche, racontant partout qu'un étrange animal avait fait son apparition parmi eux. « Personne ne le connaît, murmuraient-ils, nul ne sait sa force. Il vaut mieux ne pas s'en approcher. Il serait bien imprudent de faire confiance à quelqu'un dont on ignore tout. »

Cri-Sauvage, voyant le parti qu'il pouvait tirer de leurs craintes, leur cria : « Stupides créatures ! Pourquoi fuir ? Ne savez-vous pas que le dieu Indra vient de me nommer votre maître ? Je suis Cri-Sauvage et je suis aussi votre roi. N'ayez pas peur. Je vous protégerai. »

Lorsqu'ils entendirent cela, les lions, les tigres, les léopards, les singes, les lièvres, les antilopes et les autres chacals s'inclinèrent devant lui et dirent : « Maître, dis-nous comment nous pouvons te servir. »

Le chacal expliqua alors au lion qu'il serait son premier ministre, au tigre qu'il serait son chambellan, au léopard qu'il se chargerait de sa boîte de bétel, à l'éléphant qu'il garderait sa porte et au singe qu'il devrait porter le parasol royal. Mais il oublia complètement les chacals.

Tous les animaux lui obéissaient. Lorsque les lions et les tigres attrapaient une proie, ils la lui apportaient. Le faux roi, d'ailleurs, se montrait très juste et partageait la nourriture également entre tous.

Le temps passa. Et, un jour, alors qu'il tenait audience, il entendit une meute de chacals qui hurlaient au loin. Ce bruit lui procura tant de plaisir qu'il se mit à gémir de joie, de sorte que les lions et les tigres qui l'entendirent se dirent entre eux : « Mais ce n'est qu'un chacal. Il nous a trompés. Tuons-le. »

Le chacal bleu essaya bien de s'enfuir, mais un tigre bondit sur lui et le mit en pièces.

La mangouste loyale

Un brahmane [1], qui s'appelait Béni-des-Dieux, vivait dans une certaine ville. Il était marié et avait un fils. Le couple possédait également une mangouste apprivoisée, que la femme traitait comme son propre enfant. Elle la nourrissait de son lait, la baignait régulièrement et lui appliquait des onguents quand elle en avait besoin. Elle ne lui faisait pas entièrement confiance, cependant, parce qu'elle croyait que la mangouste était de

---

1. Membre de la première des quatre grandes castes traditionnelles de l'Inde.

nature sournoise et qu'elle pouvait attaquer son fils. Elle pensait au vieux proverbe qui dit : *Un fils peut se montrer désobéissant et insolent, faire les pires bêtises, avoir mauvais caractère, être laid, il reste quand même une grande joie pour ses parents.*

Un jour, après avoir déposé son fils dans son berceau, l'avoir bien bordé, elle prit une jarre et dit à son mari : « Je vais chercher de l'eau. Pendant mon absence, veille bien à ce que la mangouste ne fasse pas de mal à notre bébé. » Mais, dès qu'elle fut partie, le brahmane sortit pour aller mendier sa nourriture.

Alors que la maison était vide, un cobra sortit d'un trou dans le mur et rampa vers le bébé endormi. La mangouste, ayant reconnu son ennemi naturel et voyant que son frère, le bébé, était en danger, n'écouta que son courage et attaqua le cobra, qu'elle mit en pièces. Fière de sa victoire, le sang dégouttant encore de ses babines, la mangouste courut à la rencontre de sa mère pour lui raconter ce qui s'était passé.

Mais lorsque la femme du brahmane vit le petit animal, du sang plein la bouche et visiblement très fier de lui, elle fut certaine qu'il avait tué et mangé le bébé. Animée d'une grande colère et sans réfléchir plus avant, elle l'écrasa avec la jarre pleine d'eau. La mangouste fut tuée sur le coup. La femme du brahmane, laissant le corps où il était, se précipita chez elle.

Naturellement, elle trouva le bébé en parfaite santé. Elle aperçut aussi les restes du serpent, dont certains gisaient près du berceau. Folle de chagrin à l'idée de ce qu'elle avait fait, elle se frappa la tête et la poitrine.

À cet instant, le brahmane rentra, portant un bol de riz qu'on lui avait donné. Sa femme, remplie de détresse, l'accabla de reproches :

« Regarde ce que ton avidité a provoqué ! Je t'avais dit de surveiller la maison. Notre mangouste est morte et tout ça par ta faute. Tu es un méchant homme. »

Comme dit le proverbe : *Ne souhaite pas la richesse. Juste assez suffit, car l'avidité n'a pas de limites.*

Partap Sharma

L'auteur des *Contes de Vivek l'éléphant* est né en 1939 à Lahore, en Inde, et vit maintenant à Bombay. Ses deux filles sont étudiantes. Outre son métier d'écrivain, Partap Sharma est commentateur pour des documentaires télévisés, il a également joué et réalisé des films. Il écrit depuis l'âge de quatorze ans, pour tous publics.

Christelle Bécant

La traductrice des *Contes de Vivek l'éléphant* connaît bien l'œuvre de Partap Sharma, elle a traduit une de ses pièces de théâtre. Elle traduit souvent des romans pour la jeunesse.

Leonard Clark

L'auteur des *Contes du Panchatantra* est né en 1905. Il a vécu à Londres et est mort en 1981. Enseignant, écrivain, il fut avant tout poète. Auteur de plus de cinquante ouvrages, publié depuis 1925, son œuvre poétique est extrêmement importante et destinée surtout aux enfants et aux adolescents.

Martine Delattre

La traductrice des *Contes du Panchatantra* nous raconte : « Après avoir vécu six ans à New York, puis quatre à Paris, j'habite maintenant à Casablanca, au Maroc. Je n'ai jamais fait que des traductions, alors que je suis sociologue de formation. Mais les deux sont beaucoup plus liés qu'on pourrait le croire. Depuis toujours, j'aime traduire : version latine, grecque ou anglaise. J'ai l'impression de contribuer un peu, de cette manière, à la "circulation" des idées d'un pays à l'autre. J'ai la chance de pouvoir beaucoup voyager et c'est à chaque fois une grande joie de découvrir des pays nouveaux. »

Frédéric Sochard

L'illustrateur est né en 1966. Après des études aux Arts Décoratifs, il travaille comme infographiste et fait de la communication d'entreprise, ce qui lui plaît beaucoup moins que ses activités parallèles de graphiste traditionnel : création d'affiches et de pochettes de CD. Depuis 1996, il s'autoédite et vend « ses petits bouquins », de la poésie, sur les marchés aux livres. Pour le plaisir du dessin, il s'oriente désormais vers l'illustration de presse et la jeunesse. Et avec tout ça, il a trouvé le temps de faire plusieurs expositions de peinture...

Table

Contes de Vivek l'éléphant

Chintu et le figuier sacré 9
La vente de l'éléphant 25
Le secret de la Vallée d'Or 31
L'initiation d'un sage 49

Contes du Panchatantra

Les souris et les éléphants 59
Le daim 63
Bon-Gré et Mal-Gré 67
Le voleur d'oignons 73
La corneille et le serpent 75
La souris et le moine 79
Le héron et le crabe 87

Les oies et la tortue 93
Le singe et le crocodile 97
Le chacal bleu 105
La mangouste loyale 109

Partap Sharma 113
Christelle Bécant 114
Leonard Clark 115
Martine Delattre 116
Frédéric Sochard 117

CONTES, LÉGENDES ET RÉCITS

Écoutons la voix des conteurs
qui nous font vivre
de fabuleuses histoires.

TITRES DÉJÀ PARUS

Flammarion jeunesse

10 CONTES DES MILLE ET UNE NUITS
Michel Laporte

Il était une fois la fille du grand vizir, Schéhérazade,
qui toutes les nuits racontait au prince une nouvelle histoire
pour garder la vie sauve. Ainsi, naquirent Ali Baba
et les quarante voleurs, La fée Banou ou Le petit bossu...
Ces dix contes, aussi merveilleux que célèbres,
nous plongent au cœur de l'univers féérique
des Mille et Une Nuits.

*« Ali Baba entra dans la grotte ; la porte se referma
derrière lui, mais cela ne l'inquiétait pas
car il savait comment l'ouvrir. Il s'intéressa seulement
à l'or qui était dans des sacs. »*

Flammarion jeunesse

10 CONTES DU TIBET
Jean Muzi

Dans les hauteurs et sur les plateaux du Tibet,
il est possible de croiser au détour d'un chemin monstres
sacrés, crapauds réincarnés et autres princes répudiés...
Ces récits légendaires ouvrent les portes d'un imaginaire
surprenant et poétique, où la sagesse et la ruse tiennent
une place essentielle. Dix contes pour faire entendre
la voix de la culture tibétaine.

*« C'est alors que le crapaud ouvrit la bouche. Et au lieu
de son habituel cri métallique, il en sortit de vraies paroles
qui émurent tant la vieille femme que des larmes de joie
perlèrent sur ses joues ridées. »*

Flammarion jeunesse

12 RÉCITS DE L'ILIADE ET L'ODYSSÉE
Homère, adapté par Michel Laporte

Généreux et colériques, fragiles et forts, les héros homériques sont humains ! Douze récits passionnants qui nous plongent au cœur des combats d'Achille et d'Hector, durant la guerre de Troie, et nous font voyager aux côtés d'Ulysse lors de son extraordinaire épopée. Des histoires qui, depuis l'Antiquité grecque, suscitent la même fascination…

« Je reconnais bien là ton cœur de fer. Mais prends garde à la colère des dieux ! Le jour est proche où, si brave que tu sois, tu périras à ton tour ! »

Flammarion jeunesse

13 CONTES DU CORAN ET DE L'ISLAM
Malek Chebel

De la naissance du Prophète Mahomet à son ascension
au ciel, treize récits pour découvrir l'islam.
Les figures les plus célèbres, Abraham ou Abou Bakr,
y côtoient des personnages de contes comme Sindbad
le Marin et son géant farceur. Tous ces récits
ont en commun leur message, un message de lumière...

*« Ismaël était né. Beau, comment pouvait-il en être
autrement ? L'enfant est roi dans tout l'Orient,
mais celui-ci était l'enfant d'Abraham. Hagar dit :
il sera prophète comme son père ! »*

Flammarion jeunesse

16 MÉTAMORPHOSES D'OVIDE
Françoise Rachmuhl

Ovide nous entraîne aux côtés des divinités et des héros les plus célèbres de l'Antiquité. Jupiter s'affirme en tant que maître du monde, Narcisse adore son propre reflet, Persée multiplie les exploits tandis que Pygmalion modèle une statue plus vraie que nature... Aventure, amour, défis et prouesses, un monde à la fois réaliste et merveilleux s'ouvre à vous.

« Acétès, chargé de chaînes, fut enfermé dans un cachot aux murs épais. Mais tandis qu'on préparait les instruments de son supplice, d'elles-mêmes les chaînes tombèrent, les portes de la prison s'ouvrirent, comme par un tour de magie. »

Flammarion jeunesse

18 CONTES DE LA NAISSANCE DU MONDE
Françoise Rachmuhl

Comment le monde est-il né ? Est-il sorti d'un œuf
comme un oiseau, d'un ventre comme un enfant ?
A-t-il flotté au fond des eaux ? Comment était-ce
avant les hommes, avant les animaux ?
Venus des cinq continents, ces contes peignent des visions
différentes de la naissance du monde, du ciel, des astres...
et même du moustique !

*« Avant nous, avant notre époque, disent les vieux,
il y eut quatre genres de vie, quatre genres d'hommes,
sous quatre soleils différents. »*

Flammarion jeunesse

Mise en page par Meta-systems
59100 Roubaix

Imprimé en Espagne par
Litografia rosés
à Gava
en septembre 2010

Dépôt légal : octobre 2010
N° édition : L.01EJEN000484.N001
Loi n° 49-956 du 16 juillet 1949
sur les publications destinées à la jeunesse